스쿠터로 꿈꾸는 자유

스쿠터로 꿈꾸는 자유

스쿠터 여행가 임태훈의
무모한 여행기

글과 사진 | 임태훈

국내여행 편

TRAVEL · SCOOTER

Ⱳ DAEWONSA

혼자서 떠난다는 건 외로움을 뜻한다. 동시에 해방과 자유를 느낄 수도 있다. 아직 한번도 혼자서 무언가 결정하지 못하고 여행을 해보지 못한 사람이라면 일단 홀로 여행을 떠나보라고 권유하고 싶다. 여행을 하면서 모든 의사를 본인 스스로 결정 해야 하고, 자신의 부족한 모습을 찾을 수 있게 되며 멋진 세상과 마주할 때면 희열을 느끼게 된다.

어느덧 여행을 마치고 돌아온 당신의 모습은 떠나기 전 초조함과 불안함은 씻은 듯 사라져 새로운 자아를 찾을 수 있을지도 모른다. 내가 그랬듯이……

잃어버린 빛바랜 유년

사진을 좋아하게 된 이유

나에게는 아쉽게도 스무 살 이전의 사진이 한 장도 남아 있지 않다. 어렸을 때를 추억하는 사진 한 장이 없다는 게 얼마나 슬픈 일인지 겪어보지 않은 사람은 잘 모른다. 오래된 앨범을 펼쳤을 때 잊고 지냈던 기억들이 새록새록 떠오르는 맛.

어머니가 아파트로 이사하실 때 이삿짐을 직접 자동차로 실어 나르셨다고 한다. 앨범은 부피가 작아서 그대로 차에 놓고 다니셨다. 유난히 손님이 많았던 어느 날, 아침에도 식자재를 사러 갔지만 저녁 장사를 위해 또 다시 시장에 가야 했다. 가는 길에 아무 일 없겠거니 하고 앨범을 잠깐 식당 창고 쪽에 놓았는데 재활용품을 가져가는 폐품아저씨가 폐품인 줄 알고 가져가셨다고 했다. 그 이야기를 듣는 순간 내 어렸을 적 추억이 모두 사라졌다고 생각하니 가슴 한구석이 아려왔다. 난 어렸을 때 추억을 더 이상 사진으로 회상할 수 없게 되었다.

아마 그때부터였던 것 같다. 어머니에게 이 이야기를 들은 이후 내 손엔 언제나 카메라가 들려 있다. 이제부터라도 내 추억을 고스란히 남기기 위해서.

내가 사진을 좋아하게 된 이유는—어렸을 적 사진이 하나도 없다는 우울함 때문이다.

불화

우리집은 외환위기 전까지만 해도 남부럽지 않은 생활을 하고 있었다. 수원에서 10년 넘게 갈비집을 해오던 우리집의 주고객은 삼성전자였는데 IMF가 터진 후 갑자기 손님이 뚝 끊겼고, 매상도 반 이하로 줄었다. 부모님은 번화가로 옮겨서 음식점을 새로 시작하셨다. 그리고 옮기고, 또 옮기고.

그렇게 2년 동안 몇 번을 옮겼는지 모른다. 우리집은 수원에서 서울 청담동으로 이사를 갔다. 서울에서도 사업이 잘 안 되자 부모님은 그 전에 벌어놓았던 돈을 모두 써버리고 말았다. 아버지는 술을 자주 드셨고, 어머니하고의 다툼이 점점 많아졌다. 잦은 전학과 가정의 불안감 때문이었을까? 나도 학교생활에 서서히 염증을 느끼게 되었다.

언젠가 한 번 두 분의 말싸움이 폭력으로까지 이어진 적이 있었다. 내가 말렸으나 소용이 없었다. 새벽 세 시. 태어나서 처음으로 가출을 했다. 단돈 만오천 원으로……

급한 마음에 일단 경찰에 신고부터 했다.

"여기 매탄동 주공아파트 00동 00호인데요. 부모

님이 싸우세요. 도와주세요."

나는 예전에 다니던 청담중학교로 발걸음을 옮겼
다. 거기에서 한 학기를 다녔었는데 그때 친했던 친
구에게 어떻게 해야 할지 의논했다. 친구는 집으로
돌아가라고 했고, 춥고 배고팠던 나는 어머니한테 전
화를 걸었다.

"엄마 나예요."

"어, 아들 어디야?"

부모님은 언제 그랬냐는 듯 웃으며 나를 반겨주셨
고, 따뜻한 밥을 지어주셨다.

"아무리 부모가 싸워도 그렇지 경찰에는 왜 신고를
하냐?"

아버지는 세상에 이런 자식은 없을 것이라며 우스
갯소리로 말하셨다.

검정고시

내가 열다섯 살 때 폭 · 탄 · 선 · 언을 해버렸다.

나 — "학교 가기 싫어졌어요. 검정고시 볼래요."

어머니 — "넌 원래 그럴 줄 알았어."

아버지 — "그래도 학교는 다녀야지 자식아."

그때 '성공시대'라는 프로그램이 방영되고 있었는데, 故정주영 현대 그룹 회장 편을 참 재미있게 봤었다. 그가 내 나이 때 단돈 20원을 들고 서울로 올라와 국내 최고의 기업인이 되었는데 아마 여기서 감명을 받았던 걸까? 무턱대고 학교에 가기 싫었는지 또 한 번 가출을 하게 되었다. 어머니가 숨겨놓았던 비자금의 위치를 어떻게 알았는지 50만 원이란 돈을 덥석 집어들고 집을 나왔다.

'이 돈으로 성공할 수 있다. 나는 이제부터 제2의 정주영이다. 이 돈으로 성공하겠어!'

막연한 생각이었다. 어디로 가야 할지, 어떻게 살아야 할지…… 무작정 집을 나오긴 했지만 앞이 막막했다. 온라인게임 '리니지' 고수였던 나는 아는 형이 일하고 있는 피시방으로 갔고, 아이템을 현금으로 판매하며 충분히 살아갈 수 있을 것 같았다.

그랬는데……

덜미가 잡혔다. 아버지가 내 친구들을 불러 모았고, 게임상에서 나를 찾아내어 내가 있는 위치를 알아내셨다. 집 나간 지 3일만에…… 이렇게 나의 두번째 가출도 허무하게 끝나고 말았다.

내가 학교를 그만두려고 하던 찰나 많은 일이 있었고, 끝끝내 부모님은 이혼을 하셨다. 부부가 이혼을 하게 되면 자녀들은 대부분 부모 중 한 사람 밑에서 자라게 되지만· 나는 좀 달랐다. 아버지는 아버지의 길을, 어머니는 어머니의 길을, 나는 나의 길을 가겠다며 혼자 살 길을 모색하게 되었다. 그때 나이 열다섯 살이었다.

스무 살, 나의 변환점

양재동 부근의 사무직 아르바이트가 내 마지막 직장이었다. 내가 자라온 환경을 알고 나를 좋게 봐주시던 회장님께서 어느 날 문득, 스무 살이 되면 대학을 가야하지 않겠냐고 권유하셨다. 그리고 선뜻 200만 원이나 되는 전문대학 등록금을 내주셨다. 미처 생각도 하지 않고 있었는데 대학을 가게 될 것이라고 생각하니 무척 가슴이 떨렸다. 아마 내가 평생 고마워해야 할 한 분이 아닐까? 나를 새로운 세상에 눈 뜨게 해주셨으니……

나는 또래의 아이들이 한창 수능이다 대학이다 공부할 때 전혀 공부를 하지 않았다. 삼 년간 먹고 살기에 급급했고, 열여덟 살 때에는 사업을 한답시고 한창 날뛰다가 그동안 모은 돈을 다 날리기도 했다. 그런 나에게 갑자기 대학을 가라니, 그 전에는 전혀 필요를 느끼지 못했지만 그 분의 한마디에 내 마음은 요동치기 시작했다. 일은 일사천리로 이뤄졌고, 수능이나 기타 시험 없이 경상북도 경산의 어느 외국어전문대학에 중국어 전공으로 입학하게 되었다.

내가 공부를 잘하는 것도, 잘할 것 같지도 않았지만, 나는 공부가 미친 듯 하고 싶었다.

2003년 3월. 나는 스무 살이 되었고 보란 듯이 대학에 입학했다. 하지만 대학 문화는 내가 꿈꾸던 캠퍼스 생활과는 판이하게 달랐다. 스무 살이 될 때까지 초, 중, 고등학교를 거쳐 어쩌면 억압된 생활에서 살아왔을 또래의 아이들에 비해 일찍 부모의 굴레에서 벗어났던 나는 새롭게 시작한 중국어 공부가 너무 재미있었다.

중국어 교재 한 권을 구입하여 통째로 외워버렸다. 그랬더니 학교에서 배우는 중국어가 시시해지기 시작했다. 무엇보다도 수업을 마치고 매일 술과 함께하는 캠퍼스 생활이 싫었고, 자의든 타의든 놀고먹는 시간과 돈이 너무 아까웠다.

내 생에 처음 한 학기를 중국어에 미쳐서 지냈고, 바로 중국행을 택했다. 한 학기라는 짧은 기간동안 배운 중국어로는 말귀조차 제대로 알아듣지도 못하고 돈도 충분하지 않았지만 무섭지는 않았다. 이미 여기서 더 이상 추락할 곳은 없었으니까.

그리고 2년 동안의 중국 생활을 마치고, 아버지의 재혼으로 새가족이 된 누나가 있는 영국으로 날아갔다.

내 여행은 이때 이미 일상처럼 되어버린 건지도 모른다.

차례

스쿠터로
꿈꾸는
자유

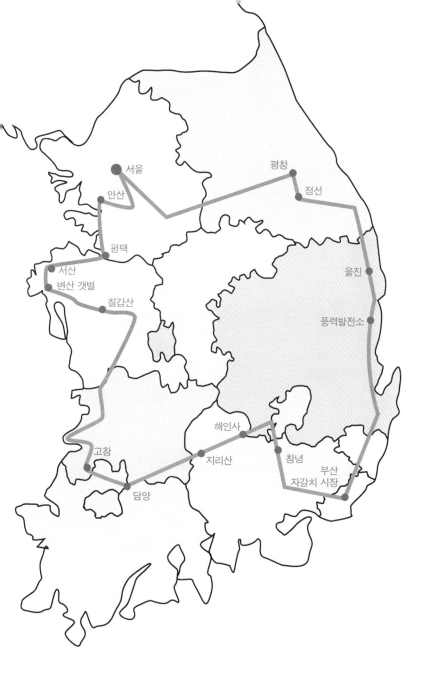

서울

평창

안산

정선

평택

울진

서산
변산 갯벌

칠갑산

풍력발전소

해인사

고창

지리산

창녕
부산
자갈치 시장

담양

스쿠터로
꿈꾸는 자유

문을 나서는 순간,
여행은 시작된다

왜 CT100인가?

왜냐고? CT100은 대한민국 상업 발전에 지대한 영향을 준 녀석이다. 이유는 간단하다. '배달아저씨' 하면 떠오르는 것이 바로 CT100이다. 고효율의 연비를 자랑하는 CT100은 전국 어디에서나 볼 수 있는 '배달아저씨'들의 생계수단이다. 음식점이나 택배 같이 서민이 가장 오랫동안 사랑해온 모델이 바로 CT100 기종이다.

CT100의 장점은 아주 많다. 일단, 어디를 가든지 튀지 않는 평범한 디자인으로 잔고장이 없다. 게다가 로터리미션을 사용하기 때문에 조작 미스로 시동이 꺼질 염려도 없고, 연비 또한 높다. 혹여나 고장이 나더라도 전국 어디를 가든지, 세계 어느 곳을 가더라도 손쉽게 정비할 수 있다. 오죽하면 이 바이크는 엔

진오일 없이도 갈 수 있다고 했겠는가. 게다가 많은 중고 매물로 저렴한 가격이 크게 한 몫 했다.

소식을 전하는 바이크

내가 고른 CT100은 우체국에서 사용했던 것이다. 바이크를 고를 때 인터넷을 먼저 뒤졌지만 대부분이 중고 상점에서 올린 것들이었다. 퇴계로에 있는 상점 대여섯 곳을 돌아다니다 가장 상태가 양호한 녀석을 골랐다. 우연찮게 이 녀석은 사람들의 소식을 전해주었던 경력이 있었다. 거리에 빨간 우체통. 우편함을 매일 열어보며 간절하게 기다렸던 소식. 그 소식을 이 녀석이 전해 주었던 것이다. 나는 이 녀석 위에 과감히 올라탔다. 내 여행 이야기의 메신저 역할을 할 이 녀석이 은근히 마음에 들었다.

새로운 여행의 시작

복장에서부터 바이크 점검까지 모든 준비를 마쳤다. 손잡이에 토시를 달았고, 바람을 막아줄 옷을 든든히 입었다. 여행을 하다보면 눈을 맞을 수도 있고, 넘어질 수도 있겠지만 도전해보는 거다. 한겨울에 전국일주! 부디 건강하게 돌아오는 거다.

새로운 여행이 시작됐다.

제1장

도시를 떠나며……

서울 천호동―분당―수원 화성―안산

Scooter Travel

도시를 떠나며……

새벽 다섯 시, 알람을 맞춰놓지도 않았는데 잠에서 깼다. 때문에 긴장한 탓인지 다시 잠들 수 없었고, 가방을 꾸리기 시작했다. 어떤 주제로 여행을 떠날 것인가?

'코믹하게 쓸 것인가 아니면 조금 무거운 분위기로 틀을 잡아볼까, 문화재와 유적을 탐방할 것인지, 데이트 코스를 만들어볼까.'

복잡한 건 차차 생각하기로 하고 그냥 평범하게 느낀 모습들을 써볼까 한다.

2500원짜리 김치찌개로 한 끼를 챙겨먹고 집을 나섰다. 새벽에 비가 내려서인지 도로는 젖어 있었고 습하고 쌀쌀한 바람이 헬 멧을 스쳤다.

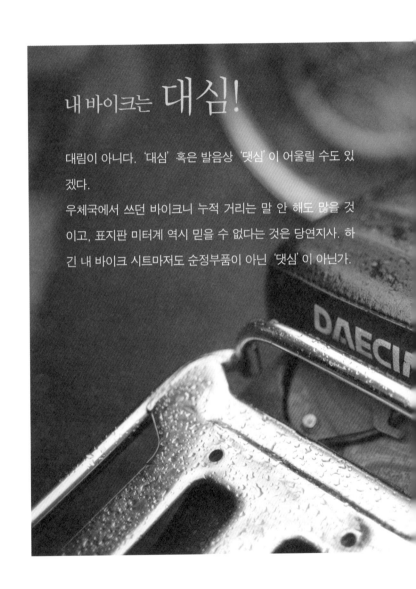

내 바이크는 대심!

대림이 아니다. '대심' 혹은 발음상 '댓심' 이 어울릴 수도 있
겠다.
우체국에서 쓰던 바이크니 누적 거리는 말 안 해도 많을 것
이고, 표지판 미터계 역시 믿을 수 없다는 것은 당연지사. 하
긴 내 바이크 시트마저도 순정부품이 아닌 '댓심' 이 아닌가.

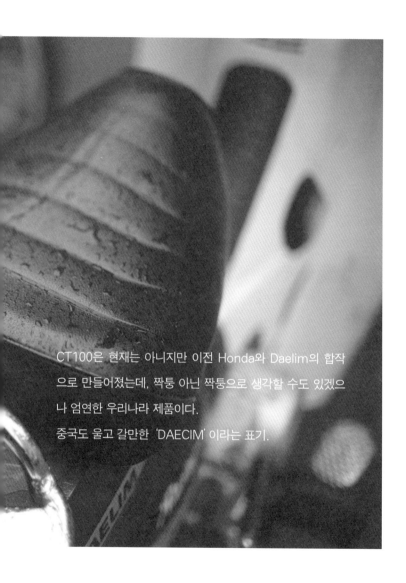

CT100은 현재는 아니지만 이전 Honda와 Daelim의 합작으로 만들어졌는데, 짝퉁 아닌 짝퉁으로 생각할 수도 있겠으나 엄연한 우리나라 제품이다.

중국도 울고 갈만한 'DAECIM' 이라는 표기.

성장과 고통

서울의 넘치는 인구를 줄이기 위해 시행한 정책으로 성남시 분당구를 개발하기 시작했고, 분당은 살기 좋은 위성도시로 거듭났다.

4년 전, 수원에서 살다가 분당으로 이사해 일년간 살았었다. 내가 계획한 꿈을 이루기 위해 분당에서 이런저런 아르바이트도 하고, 여러 가지 시도도 해본 적이 있다.

컴퓨터를 10여 대 구입해 리니지라는 게임으로 아이템 장사도 했었고, 주방용품 장사도 한 적이 있다. 그러나 장사도 잘 안 되고, 돈도 떨어지자 나는 사업을 접고, 다시 취업을 했었다.

이런 기억이 고스란히 배어 있는 분당을 지나니 기분이 씁쓸했다.

세계 문화유산으로 지정된 수원화성

내 짧은 삶 중 가장 긴 시간 머물렀던 수원시 팔달구 매탄동(이제는 영통구로 편입되었다). 사실 나는 수원 화성이 이렇게까지 유명해지리라고는 생각하지 못했다. 수원 토박이였던 내가 봐도 몰라볼 만큼 수원역은 좋아졌고, 영통지구와 정자지구는 수원 인구의 절반을 차지할 만큼 성장했다.

수원 토박이라 해도 수원 화성을 지나치기만 했을 뿐 제대로 둘러본 것은 처음이었다. 수원 화성이 예전엔 정말 끝없이 넓은 줄 알았는데, 내가 커갈수록 작아지고 있었다.

가족

우리 가족은 안산에 살고 있다. 가족이 모여 참치회집을 오픈했는데 누나가 사장이고, 부모님이 주방을 보신다. 가게 오픈하던 날 오지도 않았다고 누나에게 된통 혼났다. 오픈한 지 얼마 안 되어서인지 조금은 어수선한 분위기였지만 가게는 나름 깔끔했다.

오늘 종일 여기저기 돌아본다고 제대로 챙겨먹지도 못했다. 부모님은 기력 회복하라며 죽과 참치회를 내오셨다. 참치회를 마지막으로 먹어본 게 언제더라…… 기억도 나지 않는다. 여행 첫날, 설레기도 했고, 마음이 무겁기도 했다. 허기가 졌는지 가족들이 정성스레 차려준 참치회를 가뿐하게 해치웠다.

조촐하게 가족사진을 찍자고 했으나 모두 피곤하셔서 그런지 찍지 말라 하신다. 아직 사진엔 인색한 우리 가족……

제 2 장

나를 지나는 풍경

안산―오이도―대부도―영흥도

체온

본격적으로 여행이 시작되었다. 아침에 집을 나설 때 누나가 여비에 보태 쓰라며 약간의 돈을 슬그머니 찔러주었다. 머뭇거리다가 거절하는 것도 한두 번이지 그냥 아무소리 없이 누나가 내민 손을 받았다. 따뜻함. 가족이라는 울타리 안에서만 느낄 수 있는 체온. 가족의 체온이 사라지기 전에 얼른 시동을 걸었다. 내가 사라질 때까지 내 가족은 나에게서 시선을 떼지 않을 것이다. 내 뒤에는 항상 든든한 가족이 있다. 여행을 떠나면 언제든 되돌아 와 나를 반겨줄 가족.

날씨가 너무 추웠다. 하지만 난 한다면 한다. 까짓것 아무것도 아니다. 바이크 위에 오르면 난 거친 무법자가 된다. 가는 거다. 서울을 시작으로 서쪽으로 내려가서 남쪽을 지나 동쪽으로 올라오는 거다.

'CT100으로 한겨울에 전국 일주를 하겠어!'

시선

— 의사가 말하기를, "산모 배에서 아이 다리가 자리를 잘못 잡았어요. 이 아이는 깁스를 해야 해요. 어쩌면 다리를 잘 못 쓸 수도 있습니다."

내가 태어나기 전 부모님께 의사가 한 말이다. 갓 태어나 한 달이 넘도록 나는 깁스를 했다. 뼈가 연할 때 깁스를 해서 다리를 정상으로 만들겠다는 의도였다. 나는 아무것도 모른 채 깁스를 했을 테지. 어렸을 때 사진을 보면 중간 중간에 깁스의 흔적을 찾아볼 수 있다. 한 달이 지난 후, 깁스를 한 다리는 어느 정도 정상으로 돌아와 있었고, 그 후로도 아버지께서 내 다리를 매일 매만져주셔서 오늘의 튼튼한 양 다리를 만들어 주셨다.

"목표는 저공비행,
요 앞에서 낮게 계속 날리는 거여."

취미 —안산 비행기 할아버지

안산 호수공원을 둘러보고 있었다. 추운 날씨에도 불구하고 어르신 한 분이 RC 비행기를 조종하고 계셨다. 꼬리가 너무 무거워서 균형이 맞진 않았지만 조정 솜씨는 가히 수준급이었다.

"아니 어르신, 어째 그리 잘하십니까?"

"그냥 연습하는 거요. 이게 운동도 되고 취미로도 그만이에요."

"이걸 직접 만드신 건가요?"

"여름 때부터 만들었는데, 이게 이렇게 날아요. 아주 재밌어. 처음에는 이걸 날리지 못해서 애먹었는데, 지금은 아주 잘 날아요. 내 목표는 저공비행, 요 앞에서 낮게 계속 날리는 거여."

"와 좋은 취미를 가지고 계시네요. 연세도 있으신데 부럽습니다."

"허허허, 이런 거라도 있으니 얼마나 재미있소. 그래도 젊은 사람들 손은 못 따라가. 게다가 워낙 한국 사람들 손재주가 있어서 이런 거 하는 건 귀신들이여."

나이는 단지 숫자일 뿐이라고, 포기하지 않는 도전정신, 정말 대단하다는 표현밖에 딱히 생각나는 게 없다. 나의 노년, 당신의 노년은 과연 어떻게 보내게 될지……

갯벌

시커먼 갯벌에 쪼그리고 앉아 생명을 위해 생명을 캐고 있었다.
흥얼거리는 노동가에 슬며시 "오늘 심 봤네"라는 흥겨움이
묻어 나왔다.
비싼 녀석 한 움큼 바구니에 채워진다.
'사람만이 희망이다'
누가 그랬던가.
생명을 품은 갯벌에 희망 하나 빨려들어 간다.

섬

주말 오후 한 부부가 그들만의 하루를 보내고 있었다. 그들
의 아름다운 모습을 놓칠 수 없어 뒤따라가 한 컷 훔쳤다.
아저씨는 나에게 저 섬 뒤까지 가봐야 한다며 돌아가지 말
고 끝까지 가보라고 하셨다.
저 섬을 지나니 또 다른 섬들이 보였고, 그곳에서 일하는
어부들과 새로운 풍경들을 만났다.

징검다리처럼 놓여 있는
사람들 사이의 섬들.
그 징검다리를 밟고 싶어 나는
여행을 떠나는지도 모르겠다.
풍경과 어울린 그들만의 하루가
가고 있었다.

밀물과 썰물

사람을 향해
가슴을 드러낸 채
숨을 몰아쉬고 있는
갯벌.

달콤쌉싸름
자주 볼 수 없는 시골 풍경.
날씨도 춥고, 혼자라 적막할 때는 있어도 순간을 마냥 즐기는 내
모습이 달콤쌉싸름하다.

제 3 장

아날로그 속의 디지털 세상

평택―서산―태안―홍성
―예당저수지―태안

Scooter Travel

안전거리 —서해대교

평택항 관광지로 가기 위해 38번 국도를 탔다. 평택항이 관광지라
고 해서 와 보았으나 마땅히 즐길만한 것은 찾지 못했다. 서해대교
를 건넌 적은 있으나 실제로 먼발치에서 본 적이 없어서 서해대교를
보러 갔다.

오후 1시가 지난 시간인데도 안개가 짙게 끼어 있었다. 갑자기 서해대교에서 벌어진 30중 추돌사고가 머리를 스쳤다. 서해대교의 위치상 안개는 피할 수 없기 때문에 사고방지를 위한 대책은 일단 운전자의 감속 운행이 필수라고 한다. 차들 간의 안전거리를 반드시 유지해야 하는 건 물론이고. 무조건 안전운전이 최우선이다.

세상과 나 사이에는 어느 정도의 안전거리가 필요할까.

북경수타왕짜장

무엇을 먹을까 고민하다가 제일 먼저 보이는 중국요리 식당으로 갔다. 사장님이 직접 면을 만들고 요리해서일까? 특별한 맛은 없지만 직접 면발을 만드는 모습을 볼 수 있었다. 양해를 구해 사진을 찍었고 곱빼기 아닌 곱빼기로 배를 두둑하게 채울 수 있었다. 식당 아주머니는 날도 추운데 웬 배달 오토바이로 여행이냐며 한소리 거드신다.

"맞아요, 춥긴 춥더라고요."

어머니의
<u>모교</u>

당진을 지나 서산을 넘어 태안으로 갔다. 어머니가 나고 자라오신 곳. 충남 태안에 있는 어머니의 모교를 찾았다. 태안여자상업고등학교에서 태안여자고등학교로 개명되었으나 학교는 여전히 예전 모습을 띄고 있다. 어머니의 학창시절 사진을 떠올리며 어머니가 공부하시던 모습, 학우들과 함께하시던 모습을 머릿속으로 그려봤다.

휴대폰으로 어머니에게 전화를 걸었다. 모교에 와 있다고 하니, 뭣 하러 그런 생고생을 하냐신다. 그냥 어머니의 모교를 보고 싶어서 찾아갔는데 괜스레 마음 한 구석이 울컥해졌다. 나는 제대로 된 학창시절을 보내지 못했는데, 그래서 학우들과의 끈끈한 정이나, 추억은 별로 없다. 그러나 내가 잘못되었다고는 생각하지 않는다. 그저 다를 뿐.

어죽

홍성 시내에서 조금 벗어나자 내 머릿속에 있던 평범한 시골길들이 눈앞에 펼쳐졌다. 홍성 주변에 꽤나 맛있다는 '어죽'을 맛보러 갔다. 5분만 늦었어도 자리가 없어서 기다릴 뻔 했다. 맛있는 시골 반찬과 칼칼한 어죽의 맛이 잘 어울렸고, 찹쌀가루와 들깨로 고소한 맛을 더했던 어죽. 지금도 침이 고인다. 이런 음식을 타지에서밖에 먹을 수 없다는 것이 참 아쉽다. 먹고 싶다고 찾아가기도 벅차고, 그래서 이 지방만의 특색 있는 식당이 된 건지도……

무한 리필―홍성 커피숍

일단 가격이 싸다. 커피숍이라 하면 못해도 5000원은 할 줄 알았는데. 메뉴를 본 순간, 2500원, 3500원의 저렴한 가격에 한번 놀랐고, 서비스로 나오는 쿠쿠다스와 칸쵸. 그리고 이 집은 초콜릿을 직접 갈아 만든다고 한다. ABC 초콜릿까지 서비스로 들어있는 아이스초코에 다시금 놀랐다. 나는 페퍼민트 차를 주문했는데 뜨거웠지만 박하맛이 목 끝까지 시원함을 전해주었다. 뜨거운 물은 원하는 만큼 리필이 가능하다는 것.

홍성의 커피숍에서 시골의 넉넉함을 찾아볼 수 있었다면 억지일까? 거리엔 사람이 별로 없었지만, 건물 안엔 사람들로 꽉 찼다. 크리스마스도 이렇게 지나가는구나.

평범한 삶의 흔적

국내 최대 규모의 저수지라는 예당저수지를 찾았다. 저수지가 아니라 마치 큰 호수나 강 같은 느낌이 들 만큼 거대했다. 봄 날씨처럼 햇살이 따뜻해서 잠시 누워 낮잠이라도 한숨 자고 싶을 정도였다. 저수지 벤치에 앉아 많은 시간을 보냈다. 여행 4일째 얼마 달리지도 않았고, 일부러 많이 달릴 필요도 없다. 평범한 삶의 흔적, 그리고 나 혼자 노는 모습을 감상하는 것도 즐거운 여행의 일부분이다.

저수지 공원을 걷다보면 약 40~50개의 계단이 있는데 대부분 사람들이 계단 위에 다다르면 숨을 헐떡거린다. 내가 올라온 저 계단만큼 모든 삶에는 높낮이가 있겠지.

숨을 몰아쉬든, 힘겹든, 즐겁든……

태양은 짙은 오렌지색 오메가를 그리며 서쪽으로 사라져갔다.

아날로그 속의
디지털 세상

디지털과
아날로그

이제는 사진도 디지털로 쉽게 보정이 된다. 약간의 보정만으로 내가 원하는 사진의 분위기와 색감 등을 바꿀 수 있다. 카메라와 메모리 카드만 있으면 무한대로 사진을 찍을 수 있으며, 몇 장을 찍든지 필름처럼 추가비용이 들지 않아서 부담이 적다.

하지만 잃은 것은 무엇인가? 사람들은 흔히 필름을 '감성'으로 비유한다. 예전엔 결과물을 기다리는 것 역시 일종의 즐김이었으나 이제는 사진을 바로 보지 않으면 뭔가 답답함을 느낀다. 인화할 수 있는 조건도 좋아지고, 의도한 대로 한 장의 사진을 수십 가지 느낌으로 바꿀 수도 있지만 대신 인화해서 남에게 주는 즐거움은 반으로 줄었다. 사진 한 장 한 장이 돈이라는 생각이 없어져서일까? 그동안 나는 사진을 함부로 찍었던 것 같기도 하고……

디지털시대로 접어들면서 잃은 게 무엇인가 갑작스레 생각하게끔 했다. 그래도 보정이 쉽고, 관리하기 쉽다는 장점으로 나는 더 이상 DSLR에서 벗어나지 못할 것을 잘 알고 있다. 디지털시대로 오면서 잃은 것도 있지만 얻는 것 역시 존재하기 때문에, 디지털에 지배되지만 않는다면 양껏 활용하면서 즐기면 그만이라고 생각한다. 모든 것은 마음먹기 나름이라고 별 생각 없이 사진을 즐기던 내가, 여행 도중에 갑자기 디지털과 아날로그 사이라는 주제로 생각을 해보다가 펜을 잡다니. 심심했었나보다.

태안의

어느 오래된
한옥집

삐거덕거리는 소리를 줄이기 위해
문에 촛농을 칠하거나 물을 붓는 장면을
텔레비전에서 본 적이 있다.
옛것은 눈에서만 사라져가는 것이 아니라
소리 또한 세상에서
소멸되고 있다.

소중한 것을 잃어가는 아쉬움

당신이 부르면 달려갈거야~

뒤에 보이는 배는 전투함 전시 및 박물관으로 활용중
- 서해바다에서

제 4 장

자유를 찾는 여행

홍성—예산—윤봉길 의사 기념관
—수덕사—칠갑산—공산성

빛과 사물

어젯밤 느지막이 들러보았던 조양문과 홍성 군청을 다시 찾았다.

밤의 야경처럼 멋진 조명은 없었지만 포근한 아침 햇살에
빛을 머금은 사물들이 처연했다.

동심

1960~70년대의 자전거는 부의 상징이자 부러움의 대상이었다
고 한다. 예전에는 많은 사람들이 정말 자전거를 갖고 싶어 했다
고 들었다. 나야 뭐 80년대 중반에 태어난 20대 청년이니 내가
자랄 때에는 자전거를 비교적 쉽게 살 수 있는 물건이었다.

하지만 나에게 있어서 자전거는 언제나 '동심' 그 자체이다. 적
어도 자전거는 거짓말을 하지 않는다. 페달을 밟으면 굴러가고
브레이크를 걸면 멈춘다. 그 매력에 빠져서 영국 2300㎞를 달렸
던 걸 생각하면 아직도 아찔하다. 자전거와 바이크의 공통점은
두 개의 둥근 원으로 세상을 움직인다는 것이다.

시골 어르신이 탈 것 같은 녹슨 자전거가 난 왜 더욱 친숙해 보
이는 걸까. 갈 길이 멀다.

자전거는
거짓말을 하지 않는다

욕심—예산 만두집

아직 미혼으로 보이는 충청도 아저씨가 예산 초입 삼거리에서
운영하는 작은 만두집. 만두와 찐빵을 먹으면서 잠시 나눈 이야
기에 시골에서만 느낄 수 있는 따뜻함이 전해졌다.

숨 돌릴 틈도 없이 각박하게 돌아가는 도시에서는 상상할 수도
없는 여유가 따뜻한 온돌처럼 자리하고 있었다. TV를 보다가
손님이 들어서면 멋쩍은 웃음 내보이고는, 만두를 꺼내주는 모
습. 단순한 삶이지만 바쁘게 사는데 길들여진 나에게는 그 모습
이 괜히 부러웠다. 돈에 쫓기기 보다는 하루를 길게 늘어뜨려 느
리게 살아가는 모습.

아저씨가 건넨 따끈한 보리차 한 잔만큼
내 하루에 여유가 생겼다.

내 나라 내 땅—윤봉길 의사 기념관

"나라가 있으메 그대들이 여기 있고 나라가 있으메 자유가 넘실 거린다."
예산에서 길을 잘못 들어 이곳저곳 헤매다 간신히 윤봉길 의사 기념관에 닿았다. 나는 윤봉길 의사에 대해서는 오직 중국에서 도시락 폭탄을 던졌다는 것만 알고 있었다. 나는 정말 무식하다. 내가 관심 있는 정보가 아니면 가차 없이 버리는 그런 닫힌 견해로 살아왔다.

사내 대장부는 집을 나가 뜻을 이루기전에는 살아돌아오지 않는□

기념관 초입에는 윤봉길 의사의 이력뿐 아니라 조선의 역사와 해방까지의 약력이 나와 있고, 조국을 위해 희생한 사람들의 간략한 소개도 있다. 독립운동을 위하여 망명을 결심하고 '장부출가생불환丈夫出家生不還'이라는 글을 써놓고 중국으로 떠났다는 윤봉길. 장부출가생불환이란, '사내 대장부는 집을 나가 뜻을 이루기 전에는 살아 돌아오지 않는다'는 뜻으로 그의 깊은 의지와 애틋한 독립의 염원을 엿볼 수 있었다.

장부출가생불환…… 참 멋진 말이다. 젊은 나이에 조국을 위해 몸을 바친 애국열사를 보자 내 속에 숨어 있던 애국심이 조금씩 부풀어 올랐다. '앞으로 후손들에게 물려줘야 할 대한민국이 내 나라이고, 나라를 위해 희생한 순국열사들이 없었다면 지금의 내가 존재할 수 있었을까?'

흔적

지도를 제대로 보지 않고 그냥 마음 내키는 대로 달리다 보니 다시 북쪽으로 올라가는 줄도 모르고 갈색 표지판을 따라 수덕사로 갔다. 입장료 2000원을 내고 사찰을 둘러보려는데 생각보다 길고 높았다.

수덕사는 백제 때 지은 사찰로 몇몇 보물도 소장하고 있었다. 수백 년 이상 이어져온 백제 불교의 화려한 색채를 그대로 간직하고 있었다. 나는 절이라고 하면 다 똑같은 절인 줄로만 알았다. 그나마 불국사만 좀 특별해보였을 뿐이다. 그런데 수덕사는 왠지 모르게 낯설지 않고 눈에 익었다. 여행이 끝난 후에야 알게 되었는데 내가 네다섯 살 때 처음으로 부모님 두 손을 잡고 온 곳이 수덕사라고 한다. 그때 아버지가 어머니와 나를 멋지게 사진 찍어주셨는데…… 그러고 보니 어렸을 때 사진 찍었던 곳이 한두 군데 남아 있는 것 같다. 사라져가는 기억의 흔적을 더듬어 본다.

노을―칠갑산

노래도 있잖은가, 〈칠갑산〉. 나는 사실 칠갑산이 어디 있는 줄도
몰랐다. 대한민국에서 가장 매운 고추는 청양에서 재배되고, 칠
갑산이 바로 이 청양에 자리하고 있었다.

칠갑산 산자락을 스물 셋에 보았고, 머리에 담았다. 혹 누군가가
〈칠갑산〉 노래를 부른다면 적어도 이곳에 대한 짧은 스침, 이곳
에서 보았던 노을을 기억할 것이다.

자유를 찾는 여행

저녁 5시쯤

칠갑산 서쪽 하늘로 타오르던 태양이 저물어가는 노을,

그리고 때를 맞추어 비행기가 지나가며 남긴 흔적.

아, 자유를 찾는 여행이 아름답도다.

웰빙 — 청국장

산골에서 직접 재배한 나물들과 채소 위주의 음식은 요즘 '웰빙' 전략에 잘 맞는다. 점심으로 때운 끼니가 뱃속에서 꺼진 지한참이 지났고, 허기를 느꼈던 나는 5000원이라는 거금을 들여 청국장을 시켰다. 반찬이 족히 열다섯 가지는 되어 보였다. 역시 대한민국에서 먹는 음식이 가장 행복해. 이렇게 많은 반찬들을 골라먹을 수 있다니…… 게다가 직접 만든 메주로 청국장을 끓여주시니 그렇게 속이 따뜻하고 든든할 수 없었다. 밥도 공짜로 한 공기 더 주셔서 후다닥 해치우고 공주를 향해 몸을 일으켰다. 그런데 갑자기 배에서 신호가 왔다. 인스턴트로 가득 찼던 대장, 소장을 신토불이 된장이 소독이라도 해주는 걸까? 배를 움켜잡고 긴장을 늦추지 않으면서 공주 시내로 최대한 달렸다.

경험—공산성

공주에 오기 전에는 이곳이 어떤 곳인지도 몰랐다. 하물며 공산성이 뭐하는 곳인지는 알았을까? 나는 진정한 대한민국 사람이 맞는 건가? 내 나라에 대해서도 제대로 모르는데 외국을 다녀봐야 뭐해? 에라, 편하게 생각하자. 꼭 알아야만 하는 여행보다도 모르는 상태에서 알아 가면 되는 거다.

전국 곳곳을 둘러보면서 내가 간 곳은 기억에 남도록 기록을 하고 사진을 남기니 여행은 좋은 공부임에 틀림없다. 학창시절 책으로 달달 외던 지식들은 시간이 지나면 조금씩 잊어버리기 마련인데 이렇게 직접 역사의 유적지를 지나가다 보면 그 기억은 책보다 더 오래 남는다는 걸 느꼈다. 그래서인지 이렇게 둘러보는 걸 더 좋아라한다.

이불도신

좀처럼 마주치기 힘든 내 그림자,
평생 보지 못하는 자신의 뒷모습처럼
내 그림자는 어떤 표정을 지으며
살아가고 있을까……

제5장

처마에 매달린 유년

공주―군산―삼포리―부안
―〈불멸의 이순신〉 세트장―변산반도

무
계
획

내 일정에는 계획이라는 게 없다. 그저 내 생활 패턴과 비슷하게 하고 싶은 일을 하고, 보고 싶은 것을 본다. 사람들은 왜 시간낭비를 하냐고 물을 수 있겠지만, 가슴을 열고 세상을 보며 혼자 느끼는 건 시간 낭비가 아니라 열심히 즐기는 것이라고 말하고 싶다.

야행—군산

'악' 소리 날만큼 춥고 어두운 밤이다. 밤길은 언제나 내 모든 신경을 긴장하게 만든다. 혹여나 미끄러지진 않을까, 표지판을 잘못 보고 엉뚱한 곳으로 가진 않을까, 그리고 빨리 도착해야겠다는 조바심으로 좁아진 시야는 아무래도 사고위험이 배로 커지기 마련이다. 게다가 길이 국도인데도 불구하고 교통 흐름이 빠른 시골길인지라 100cc의 바이크로는 그 흐름을 충분히 맞추지 못하기 때문에 큰 차들이 추월이라도 할 때면 종종 가슴이 철렁거린다.

삼겹살과 소주 애호가
세라

대한민국을 사랑하는 캐나다인 세라와의 두번째 만남. 연재 중이던 잡지사 기자의 소개로 그녀를 처음 만났었다. 기자는 캐나다 유학 때 세라에게 영어를 배웠고, 세라는 캐나다에서 유학생들을 가르치다 대한민국이라는 나라에 자연스럽게 관심을 가졌다. 그리고 대한민국으로 비행기를 타고 날아왔다.

이번이 그녀의 두번째 방문이다. 활기차고 당당한 그녀는 대한민국 음식과 문화를 많이 이해하고 있다. 삼겹살에 마늘과 김치를 구워먹을 줄 아는 그녀는 삼겹살과 소주 애호가. 혼자 대한민국에서 생활하기 어렵거나 문제가 생길만도 한데 다부진 그녀는 좀처럼 힘든 내색을 하지 않는다.

아직 한국말이 서툰 그녀는 처음에 식당에서 음식을 시킬 때 고생을 많이 했었다. 하루는 배가 너무 고파 무턱대고 찾아든 곳이 선지해장국집이었다. 그녀는 그저 김치찌개 정도이겠지 하면서 주문을 했고, 식당 사람들은 외국인이 선지해장국을 시키는 것에 의아해했다. 세라가 뚝배기 안에 들어 있는 물컹한 것이 무엇이냐고 물었지만 그것을 설명할 수 있는 사람은 아무도 없었다.

음식에 대한 거부감이 일긴 했지만 어쩌겠는가? 그녀는 시커먼 선지를 깔끔히 비우고 나왔다. 그후로 선지해장국 마니아가 된 세라. 멋진 그녀의 대한민국 생활을 기대해본다.

깊은 밤 –삼포리

월명공원에서 만난 우리는 군산에서 식사를 마치고 김제시 진봉면 삼포리로 자리를 옮겼다. 마을에는 전혀 인기척도 없었고, 간판 불마저 모두 꺼져 있었다. 마치 유령마을을 걷는 것처럼 스산한 느낌까지 들었다. 생각해보라, 한 겨울에 그것도 연말에 누가 이런 작은 시골 바닷가를 찾겠는가? 아무도 없는 것이 당연할 수도 있다.

모텔에 자리를 잡고 세라가 캐나다에서 즐겨 마셨다는 40° 짜리 위스키를 마시며 하룻밤을 보냈다. 두 명의 애주가가 위스키 한 병을 비우는 데는 그리 오래 걸리지 않았다.

술이라는 녀석은 경계를 모호하게 하는 힘이 있다. 타인과 나. 이성과 감성의 장벽을 무너뜨리며 서먹한 긴장감을 간단히 무장해제 시켜버린다.

나는 내가 자라온 환경, 약간은 무거울 수 있는 집안 얘기를 위스키 냄새 풍기며 덤덤하게 쏟아냈다. 두 번의 가출, 부모님의 이혼과 아버지의 재혼, 그리고 여행을 하게 되는데 결정타를 날린 그녀와의 이별…… 그러다가 갑자기 우스꽝스러운 컴퓨터 게임 캐릭터의 모습이 떠올랐다. 술은, 이렇게 영어와 발음이 꼬이는 한국어를 넘나들듯 진지함과 가벼움의 사이에서 빙글빙글 돌고 있었다.

새벽 세 시가 넘은 시간. 뜨끈뜨끈한 모텔 방을 나와 바닷바람을 맞았다. 세라와 내 이야기가 서로 엉켜 웅크리고 있는 모텔 밖 세상은 흰 눈으로 뒤덮여 있었다. 강풍에 몸이 으스러질 만큼 추웠다. 귓가에 울리는 바람 소리를 들어 올려 하늘을 올려다보았다. 그리고 저 아득한 곳에서부터 흩날리는 눈꽃들. 그 너머에 수많은 별들이 자신의 이야기를 품은 채 눈빛만 반짝이고 있겠지. 누군가 말을 걸어주기를 기다리면서…… 툭 하고 건드리면 스르르 무너져버리는……

위스키가 부족했나?

시련

갑자기 고비가 찾아왔다. 밤새 추운 날씨에 눈까지 내려서 꽁꽁 얼어붙은 엔진, 시동이 걸릴 리 만무하다. 이걸 어찌한단 말인가, 나는 계속 시동을 걸려고 스타트 버튼을 눌러댔지만 배터리까지 약해져 시동이 잘 걸리지 않았다.

한참 머리 싸매고 연구하다 킥스타트를 이용해서 시동을 걸어보기로 했다. 20분을 노력한 끝에 '부릉부릉' 날 배반하지 않고 언제 그랬냐는 듯 시동이 걸렸다. 밤새 내린 눈에 얼마나 추웠을까. 부디 집으로 갈 그날까지 무사해주길……

2006년 유라시아 횡단부터 2007년 국내 여행까지 바이크를 타면서 찍은 몇 장 없는 사진중 하나.

혼자 여행을 하다 보니 라이딩하며 달리는 장면을 찍기란 정말 쉽지 않다. 사진에는 잘 나타나지 않았지만 정말 많은 눈이 내리고 있었다. 장갑을 두 겹이나 꼈는데도 손끝이 시렸고 정신까지 혼미해졌다. 추위와 싸우며 나아가는 내 모습이 대견하기도 했지만 '아니 내가 지금 뭐하는 거지?' 라는 의구심도 들던 하루였다.

시속 40~50㎞의 속도로 혹여나 넘어지진 않을까 긴장감이 고조되는 가운데, 그래도 사진을 찍겠다며 좋다고 포즈를 취해보는 본인…… 어찌 좋지 아니한가?

난 멈추지 않아

휴식

한치 앞을 알아 볼 수 없을 정도로 눈보라가 몰아쳤다. 내 건
강과 안전이 최우선되어야 한다는 생각이 앞섰다. 강원도 산
간지방도 아닌데 어쩜 이렇게 눈이 많이 오나 싶었다. 눈이
많이 내려서인지 모든 작업을 중단하고 쉬고 있는 포클레인
에 무심코 카메라가 멈췄다.

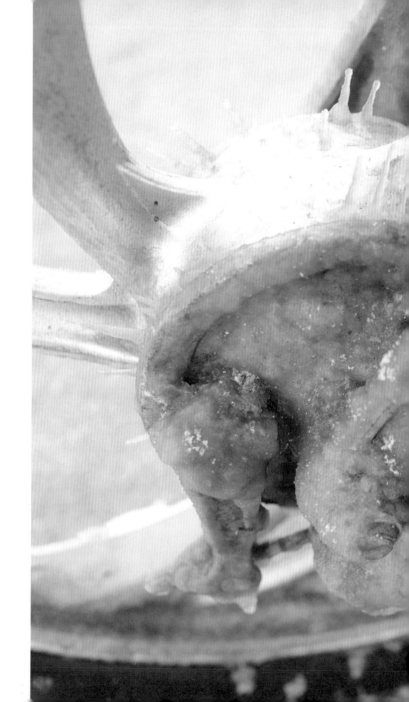

쾌감

바이크의 앞바퀴가 꽁꽁 얼었다. 녹여줄 시간도 없이 내 안전을 챙기는 게 급선무다. 앞으로 20㎞는 더 가야 부안 시내가 나올 텐데…… 브레이크도 제대로 듣지 않는 이런 상황에서 고난의 연속이다. 하나님이 말씀하시길 '딱 이겨낼 수 있는 만큼의 시련만 주신다'고 했던가. 어쨌든 살아서 부안까지 가는 게 목표가 되었다.

이런 상태로 계속 달리다간 나도, 바이크도 견딜 수 없을 것 같았다. 근데 왜일까? 내 기분이 왠지 모르게 매우 흥분한 것이 아드레날린이 무한대로 분출하는 것 같다. 이런 추위와 싸우며 쾌감을 느끼는 난, 어느 별에서 온 걸까?

젊음

엄청난 눈발과 칼바람을 뚫고 머물 곳을 찾아 이동하는 중이었다. 사진으로 보기만 해도 추위가 엄습하는데 이런 날씨에 CT100을 타고 달렸다는 걸 생각하면, 생고생도 이런 생고생은 없을 것이다.

세상에는 참 많은 사람이 있지만 크게 두 가지로 나눠볼 수 있다. 생각만 하는 사람과 생각을 실천하는 사람.

어쩌면 난 '젊다'라는 이유 하나로 불가능한 서울—부산 한겨울 라이딩이라는 모험 아닌 모험을 시작한 건지도 모른다. 내 자신과의 싸움에서 승리하기 위해, 그래서 달린다.

삶이
묻어나는
얼굴

동네 슈퍼에 납품을 하시는 기사아저씨. 역시 주변 지역에 머물 곳이나 맛집 등은 운전을 업으로 하는 분들에게 물어보면 기막히게 빠르다. 부안에 대한 정보가 전혀 없는 나는 이것저것 물어보았다. 부안이 터전인 아저씨는 두꺼운 옷에 서리 낀 헬멧을 쓴 나를 약간 신기하게 보시더니 이내 웃으시며 부안에 대해 이것저것 이야기해주셨다. 젊은 여행가의 마음을 잘 아셨는지 가까운 피시방과 찜질방, 주변에 맛있는 먹을거리 음식점들, 갈 만한 곳들을 설명해주셨다. 사람의 인상은 그 사람의 인격이나 살아온 인생과도 같다고 했던가. 사진에 아저씨의 밝고 인자하신 인상이 묻어나와 잠시 훈훈해졌다.

헤이, 친구

11시밖에 안 되었는데 부안 시내는 어두컴 컴하니 도시의 시내와는 판이하게 달랐다. 새하얀 세상이 나를 감싸고, 어두운 가로 등에 시선을 맡기고 거리를 거닐며 밤공기 를 마셨다. 바이크를 보았다. 꽁꽁 얼어붙 은 이 녀석을 보자니 '후우' 한숨이 나도 모르게 절로 나왔다.

"춥지? 주인 잘못 만나서 고생이구나. 따 뜻한 데로 데려다 줄 테니 조금만 기다리 렴."

이 녀석은 내 마음을 아는지 모르는지 끔 쩍도 하지 않았다. 당연한가?

처마에
매달린
유년

어렸을 때 흔히 보던 고드름. 정말 큰 놈 하나 떼다가 칼싸움을 하
던 어린 시절을 요즘 아이들도 추억으로 만들고 있을까?
우리 동네에는 겨울이 되면 추수가 끝난 논을 스케이트장으로 개
장했었다. 임시로 만든 비닐하우스에서 스케이트를 갈아 신고 신
나게 꽁꽁 언 논 위를 내달렸다. 허연 입김을 몰아쉬며 비닐하우스
에서 떡볶이며 어묵을 먹고 몸을 추스른 다음 다시 빙판 위를 미끄
러졌다.

그 비닐하우스 입구에는 항상 고드름이 길게 자라 있었다. 낮에는
비닐하우스에서 피우는 난로로 수그러들었다가 다시 밤이 지나면
훌쩍 큰 키를 내세우곤 했다. 친구들과 함께 고드름을 따서 입안이
시리도록 빨아대곤 했었는데… …
간만에 만난 처마 밑 고드름에 내 유년이 자라고 있었다.

사람을
향한
마음

〈불멸의 이순신〉 촬영세트장으로 가는 길에 시골 분위기가 물씬 풍기는 가게가 있어 잠시 멈추었다. 커피우유나 하나 사서 마실까 하고 들른 가게에는 연세 지긋하신 할아버지 혼자 생계를 꾸려가고 있었다. 손님이 별로 없다보니 우리가 일반적으로 마시는 우유는 없었다. 그냥 나오기도 미안하고 해서 베지밀 하나를 사면서 어르신께 이곳에 볼만한 곳을 물었다. 마침 심심하셨는지 반가운 기색으로 많은 이야기를 해주셨다. 부안이 원래 눈이 많이 내리는 지역이라는 것부터 시작해서, 주변의 볼거리 등을 마치 머릿속에 지도를 그리듯 상세하게 차근차근 이야기해주셨다. 어르신은 가게 안이 답답하셨는지 밖으로 나오셔서 바람을 쐬셨다. 그리고는 내가 타고온 녀석을 보더니 한마디 던지셨다.
"이거 타고 갈껴?"
나는 그렇다고 대답했고, 〈불멸의 이순신〉 촬영세트장에 갈 거라고 했다. 할아버지께서는 사람이 별로 찾지 않아 길이 미끄러울 테니 조심하라신다. 이럴 때 나는 잠시 겨울을 잊는다. 평생 나고 자란 곳을 한번도 벗어나지 않은 할아버지. 혼자 적막한 시간을 보내고 계시는 그 분에게는 사람이 그리운 것이다. 아무리 혹독한 추위라고 하더라도 사람을 향한 마음은 얼리지 못한다.

마을이 생기기 이전부터 있어 왔을 나무는
바람의 길목만큼 가슴을 내어주고 있었다.

〈불멸의 이순신〉 세트장

세트장을 구경하며 느낀 점을 몇 자 적어보자면, 이순신 장군에 대한 소개나 업적을 좀더 자세히 묘사해주었으면 좋을 것 같았다. 관람객이 별로 없는 이유도 있겠지만 세트장을 관리하는 사람조차 없었고, 많은 비용을 들여 지은 세트장을 방치해 두는 게

아닌가 하는 아쉬움이 남았다. 조금 더 나아가보면 주변에 다른 관광지들과 합쳐 좋은 볼거리로 지방산업의 관광수익을 남길 수 있을 텐데 멋진 세트장이 주변 산과 언덕 등 공기 좋은 운치를 활용하지 못하고 묻히는 것 같아 아쉬웠다.

연

내가 초등학교도 들어가기 전에 춘천에 살던 이모할머니 댁에 머물렀던 적이 있었다. 그때 6학년이던 먼 친척 형이 강변에서 연 날리는 법을 가르쳐주었다. 바람을 타며 자유로이 나는 연. 사람의 날고 싶은 욕구를 연으로 표현하여 대리만족 했다고 해야 할까?

요즘도 초등학교에서 겨울이 오기 전에 풍속놀이 대회 같은 걸하는지 모르겠다. 팽이 돌리기, 투호, 연 날리기 등. 연줄에 초를 바르면 연싸움 할 때 유리하다며 초를 바르거나 내가 더 높이 날리겠다며 실을 더 이어 날리던 개구쟁이 시절이 그립다.

중학교 2학년 때 압구정동으로 전학 온 지 얼마 안 되었을 때였다. 저녁에 여기저기 돌아다니며 한강변에서 바람을 쐬는데 갑자기 연이 날리고 싶어졌다. 그때 문방구에서 가오리연을 사다가 날리던 기억이 새록새록 떠오른다. 한두 시간 연을 날리다가 '낯선 서울 생활을 이겨내자' 며 연 줄을 잘라 보냈던 기억이 있는데…… 여행은 이렇게 묻어둔 추억을 다시금 꺼내주게 한다. 그래서 여행의 매력에 빠졌는지도 모른다.

쉼

，

제6장

인연

새만금—철산곶—고창
—백양사—담양—영산강

Scooter Travel

인연

새만금 간척지를 구경하다가 대학생 두 명을 만났다. 처음에는 '웬 외국인이 걸어서 여행을 하는구나'라고 생각했는데 알고 보니 한국 사람이었다. 이들은 한 시간 동안 걸어서 끝까지 왔다고 했다.

우연의 일치일까, 그녀들과 헤어지고 새만금 간척지에서 조금 떨어진 바로 옆 해수욕장에서 또 마주쳤다. 역시 여행을 하다보면 우연찮게 인연의 고리를 발견하게 된다. 세상과 나를 이어주듯, 아무리 벗어나려 해도 결국 제자리걸음인 것을……

천 원이 아니라 만 원
—철산곶 아지매

나— "여기 뭐 볼 게 있나요?"

아지매— "돌 있잖여~ 돌 봐요."

나— "뭔 돌이길래요?"

아지매— "와서 봐봐. 신기해."

나— "그래요?"

바이크를 옆에 대고 해변을 따라 아지매와 걸었다.

아지매— "총각은 어디서 왔어?"

나— "서울서 왔지요."

아지매— "오토바이 탔응게 배고프지? 한 장이야. 먹고 가."

나— "봤잖아요. 제가 타는 바이크. 이 추운데 차도 없고, 애인도 없고, 돈도 없어서 이런 배달용 오토바이 타고 돌아댕기는 건디. 내 천 원짜리 한 장이면 먹겠다."

아지매— "천 원은 아니구 만 원! 만 원!"

철산곶 한쪽에 자리 잡고 앉아 회를 떠서 장사를 하셨다. 철산곶 이야기를 나누다가 사진 한 장 찍어도 되냐고 묻자 쑥스러워 하시면서도 포즈를 취해주셨다. 바다 짠내를 맡으며 한 잔 기울이고 싶었지만 혼자서 술타령을 하는 건 내 취향이 아니기 때문에 다음 기회로 돌렸다. 게다가 음주운전은 곧 죽음이란 생각에 풍경에만 취해 돌아가리라.

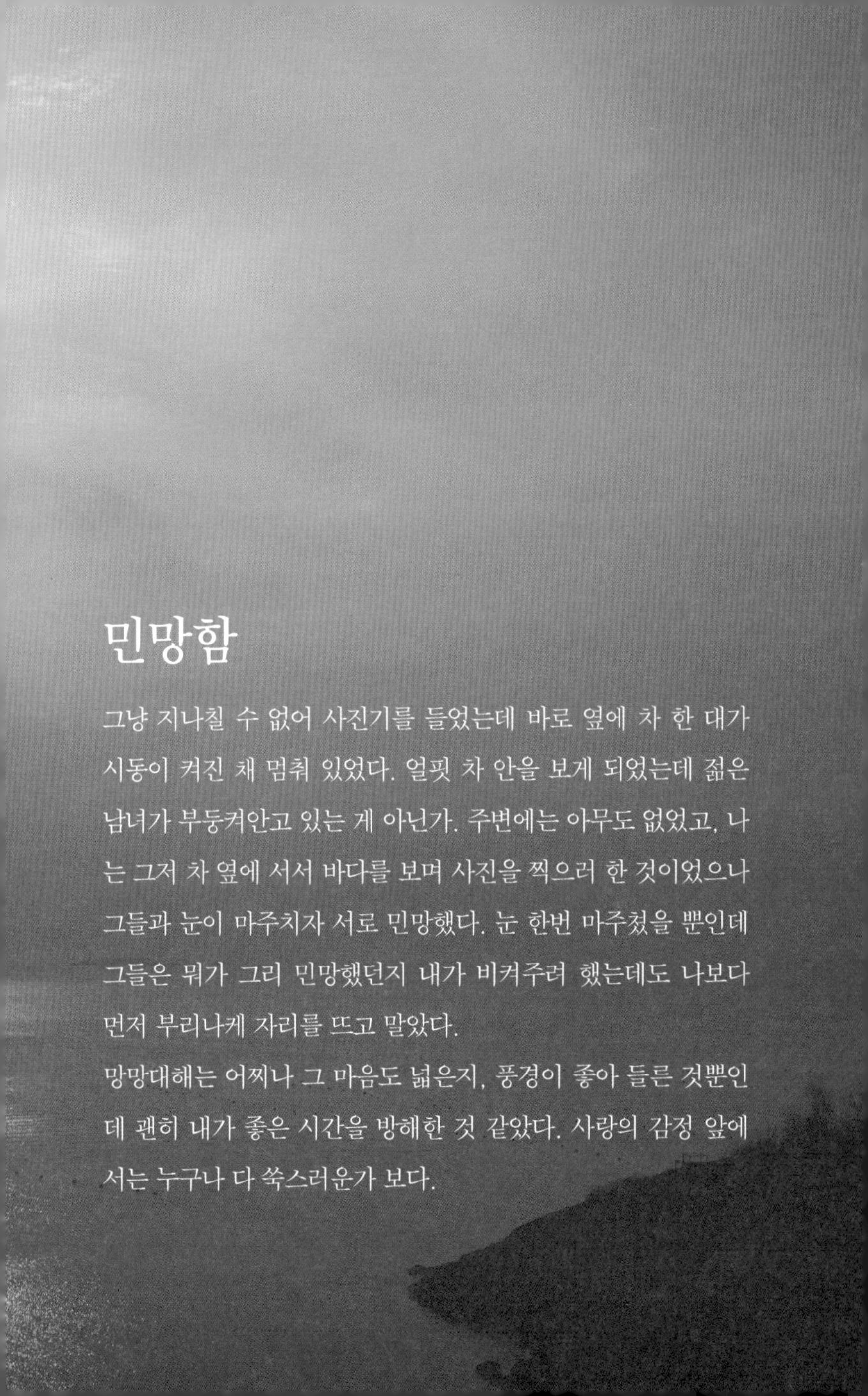

민망함

그냥 지나칠 수 없어 사진기를 들었는데 바로 옆에 차 한 대가 시동이 켜진 채 멈춰 있었다. 얼핏 차 안을 보게 되었는데 젊은 남녀가 부둥켜안고 있는 게 아닌가. 주변에는 아무도 없었고, 나는 그저 차 옆에 서서 바다를 보며 사진을 찍으려 한 것이었으나 그들과 눈이 마주치자 서로 민망했다. 눈 한번 마주쳤을 뿐인데 그들은 뭐가 그리 민망했던지 내가 비켜주려 했는데도 나보다 먼저 부리나케 자리를 뜨고 말았다.

망망대해는 어찌나 그 마음도 넓은지, 풍경이 좋아 들른 것뿐인데 괜히 내가 좋은 시간을 방해한 것 같았다. 사랑의 감정 앞에서는 누구나 다 쑥스러운가 보다.

소소한 아름다움―판소리

전라도는 맛과 멋 그리고 소리에 특색이 강하다고 한다. 이곳 음식들은 일단 밑반찬 숫자부터가 다른 지방과 다르다. 높은 산이 있는 것도, 방대한 자연이 있는 것도 아니지만 소소하고 아름다운 풍경들이 전라도의 볼거리다. 게다가 판소리의 명인들 대부분이 전라도 출신이라고 한다.

판소리의 대가인 김소희 선생님의 생가라고 하여 지나가다 멈췄다. 짧은 약력과 함께 마을 주민들의 투자와 관리로 그녀의 생가가 보존 및 재건축 되었다고 씌어 있다. 판소리. 가끔 영화에서 봐왔던 구수한 가락. 할아버지 할머니들이 즐겨들으시고, 흥을 돋우시는 우리 장단. 내게는 가깝고도 먼 이야기이다. 그러므로 Pass!

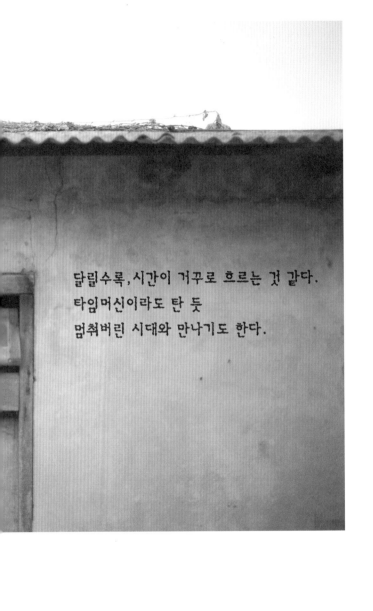

달릴수록, 시간이 거꾸로 흐르는 것 같다.
타임머신이라도 탄 듯
멈춰버린 시대와 만나기도 한다.

144

노을—와인

포도 농사를 짓나보다. 포토밭이 을씨년스럽게 길게 늘어 서 있었다. 한해를 마무리하는 태양이 아쉬운 듯 포도밭 가장자리에 걸터앉아 있었다. 12월 30일. 미적거리는 한해의 노을을 마주하고 엷은 와인 한 잔 그럴싸하게 기울여야 하는데……

유럽에서 수 십 종의 와인을 먹어봤지만 정확한 맛을 구별할 줄 모른다. 그저 달콤하거나 쌉쌀한 정도만 느낄 뿐. 차라리 투명한 소주가 낫다.

포도밭에 물드는 핏빛 노을을 보며 와인이 아닌 소주가 더 떠오르니 역시 나는 소주를 사랑하는 대한민국 청년인가 보다.

35mm 렌즈로 떠나는 여행

여행을 하다보니 '스트로보(플래시)를 챙겨갔더라면 근거리 사물을 좀더 멋지게 살릴 수 있었을 텐데' 하는 아쉬움을 느낄 때가 있었다. 하지만 35mm렌즈로만 떠나는 여행이 그리 나쁘지 않은 것은 줌이 되지 않으니 더 고생스럽게 사진을 찍게 되고, 더 정성스럽게 찍게 되고, 한 장 한 장이 더 소중하게 기억에 남기 때문인 것 같다. 물론 나 혼자만의 개념에 사로잡혀 그러는 것일지도 모르지만 마구잡이로 찍는 100장의 사진보다 생각하고, 연구하며 찍는 한 장의 사진이 소중하다.

외로움

내장산 초입에 이름 모를 큰 가시나무 한 그루가 멋있게 자태를 뽐내고 있었다. '시인과 촌장'의 〈가시나무〉란 노래가 생각났다. '내 속엔 내가 너무도 많아, 당신의 쉴 곳 없네⋯⋯' 혹시나 '저 나무도 홀로 외롭진 않을는지' 하는 감상에 잠시 잠겼다. 하지만 진정 외로웠던 건 저 가시나무가 아닌 바로 내가 아니었을까?

백양사 입구에는 개울이 흐르고 그 위에 정자가 놓여 있었다. 정자에 올라 풍경을 물끄러미 바라보며 한가로이 내장산을 맛보기 시작했다.

욕심

젊은 사진가였다. 얼어붙은 강가 중심에서 풍경을 담는 것 같았
다. 내가 장비병(사진의 실력보다 카메라 장비에 의존하는) 환
자이다 보니 멀리서도 어떤 기종인지 얼추 눈대중으로 알 수 있
었다. '니콘 D70에 렌즈는 망원이고……' 카메라를 무척 좋아
하는 나는 카메라만 보면 눈이 말똥말똥해진다. 물론 렌즈나 카
메라를 중고로 구입해 썼던 덕분에 크게 손해 보거나 밑진 건 아
니지만 여태 썼던 렌즈며 카메라 가격들을 더해보면 시골 전세
방 값은 족히 나올 것 같다. 사진을 취미로 시작한지 얼마 안 된
내가 DSLR 카메라를 쓴다는 것이 사치인 것 같지만 그건 본인
이 생각하기 나름이다. 물론 나도 때론 사치라 생각하여 고가의
장비에서 저렴한 카메라와 렌즈로 여러 번 바꿨는데 역시나 사
람 욕심이란 건 마르지 않는 샘물마냥 끝이 없다.
저기 저 청년은 만족할 사진을 찍었을 것 같다. 난 저기까지 가
볼 엄두도 못 냈는데, 혹 사진에 대한 열정이 부족한 탓이었을
까……

목소리

실제로 동물원이 아닌 곳에서 타조를 처음 보았다. 타조는 동물원에나 가야 볼 수 있을 줄 알았는데 담양에 닿을 즈음 타조 키우는 곳을 발견했다. 좁은 우리에서 울부짖듯 입을 쫙 벌리는데도 세 마리 모두 전혀 소리가 나지 않았다. 수술을 해서 성대를 자른 것일까? 왜 소리가 나지 않는지는 잘 모르겠다.

입을 벌려 소리를 지르는 것 같지만 아무 소리도 나지 않으니 불쌍한 느낌마저 들었다. 아니면 타조는 원래 소리를 내지 않는가? 그건 아닐 테고…… 왠지 궁금증을 가지게 했던 타조들.

전형적인 A형 —담양 죽녹원

담양은 대나무로 알려졌다고 해도 과언이 아니다. 이곳에는 대나무가 많아서 담양 죽통밥도 유명하고 대나무숲, 혹은 죽염 등이 주수입원이 되고 있다. 대나무는 사람 뇌에서 알파파를 생성하는데 도움을 준다고 한다. 그래서인가 수많은 대나무에 둘러쌓여 있으니 머리까지 상쾌해지는 것 같다. 부드러움이 강함을 이긴다는 것, 물론 언제 어디서나 통용이 되는 건 아닐 테지만 난 강한 것 보다는 부드러운 게 낫다고 본다. 전형적인 A형 임태훈.

갑부 되고 싶어요 ~

갑부의
기준은
무얼까

돈이 얼마나 있어야 행복할까? 행복의 근원은 돈에서 나올까? 물론 나도 가끔 로또를 산다. 아무도 반겨주지 않는 텅 빈 집 현관문을 열고 들어설 때 처량한 내 신세를 한탄하며 로또 여섯 자리 숫자에 무의식적으로 색칠을 한다. 그리고 펼쳐지는 당첨의 꿈. 하늘에서 흩날리는 돈 다발을 연상하며 당첨금을 어떻게 쓸지 이리저리 행복한 고민을 한다.

하지만 인생에 돈이 전부는 아니지 않은가? 물론 어느 정도 욕심을 부려야 발전이 있겠지만 과욕을 해서는 안 되겠지. 뜨거운 열정으로 하루하루를 살다보면 일확천금의 행운보다 더 큰 나를 만날 수 있지 않을까? 그렇지만 현실은 현실! 하루를 뜨거운 열정으로 버티게 해주는 로또의 공들이 눈앞에서 통통 튄다.

대나무향에 심취하며 밖으로 나오니 바로 앞이 영산강이다.

멋진 풍경이 나를 끌어당겼다. 나도 풍경이 될 수 있을까……

백양사

지금까지
열심히
달려왔다

담양 죽녹원

제7장

새로운 출발, 새로운 여행!

지리산

Scooter Travel

일출

지리산 종주를 하려면 전라도로 들어가서 경상도로 나오게 되
는데 총 25㎞구간으로 1박 2일이나 2박 3일정도 걸린다고 한다.
마음 같아서는 종주를 하고 싶었지만 미리 사전에 대피소 예약
을 해야 한다. 여행 계획에 지리산이 없었고, 무작정 닿은 곳이
기도 하여 그저 일출만 보기로 마음먹고 움직였다.

바이크 여행의
즐거운 장점

바이크 여행의 한 가지 즐거운 장점을 꼽자면 주차비의 절약이다. 대한민국에서도 그렇고, 세계 많은 나라에서도 바이크를 주차한다고 해서 주차비를 따로 받는 곳은 없다. 하지만 오늘같이 눈이라도 내리는 날이면 추위를 견디기 위해 자동차보다 더 많은 방비책을 세워야 한다. 물론 겨울 바이크 여행을 직접 해보니 쉽게 추천할 수 없을 것 같다. 잔인하게 추운 날씨나 주행시 위험한 사고 위험들이 다른 계절에 비해 곳곳에 너무 많이 도사리고 있다.

노고단에서 맞는 새해 첫눈

눈이 내렸다. 역시나 엄청난 인파가 일출을 보기 위해 지리산을 찾았다. 아침은 밝았지만 태양은 여전히 구름에 가려 모습을 드러내지 않고 있었다. 저 먼 산에서 동트는 모습을 보지 않으면 어떠하리. 노고단에 모여든 사람들의 입가에는 미소가 떠나지 않았다. 다들 멀리서 새해 첫 일출을 보러 지리산을 찾았지만 실망을 안고 돌아가진 않았을 것이다. 휘날리는 눈발을 헤치며 올라온 노고단에는 그들만의 추억이 묻어 있을 테니까.

노고단 정상
휘날리는 눈발 속에……

행복한
웃음

노고단에서 만난 신혼부부. 그들은 눈 내리던 1월 1일의 이곳을 잊을 수 있을까? 두 사람은 눈사람을 열심히 만들고 있었다. 멀리서 그 모습을 바라보다가 너무 부러운 나머지 사진에 한 컷 담고 싶어서 내가 먼저 다가갔다. 부부는 카메라를 안 가져 왔다며 되레 좀 찍어달라고 사정하셨다. 나는 이내 두 분만의 시간에 잠시 끼어 사진 몇 장 찍어드렸다.

지리산 노고단에서 행복한 하루를 보낸 만큼, 그날의 웃음만큼 아니 그보다 더 아름다운 행복한 사랑을 이어가시길 진심으로 바란다.

하지만 이상하게도 가슴 한편이 아려오는 건 왜일까……

171

허기

산행을 마치고 내려오는 길에 허기를 참지 못하고 고기 굽는 냄새에 이끌려 식당에 멈췄다. 산 위에서는 눈이 내렸지만 아래로 내려올수록 비로 바뀌었다. 비도 피하고 옷도 좀 말리려고 했는데 고기 냄새에 한마디로 꽂혔다.

사모님에게 혼자 먹으려면 어떻게 해야 하는지 물었더니 만 원에 고기와 된장찌개까지 주겠다고 하셨다. 그리고는 차 한 대 들어오게 할 때마다 고기를 한 점씩 더 주겠다고 하셨다. 나는 지나가는 차들을 향해 90°로 인사하며 손님을 끄는 데 힘썼으나 덩치 좋은 '엉아'의 스킬과 노하우를 따라갈 수 없다는 것을 금세 느꼈다. 아마추어와 프로의 차이일까? 왜 '엉아'가 손님을 부르면 들어오는데 내가 하면 안 되는 걸까?

노하우

식사를 마치고 '엉아'에게 손님 부르는 노하우를 들을 수 있었다.

"일단 빠른 차는 안 돼. 딱 손님을 봐. 천천히 가는 차는 밥 먹으러 둘러보는 차야. 그럼 '어서오세요!'라고 인사부터 날려. 그럼 온다고. 크게 '어서오세요~!' 해줘야 돼. 인사만 꾸뻑하면 심심하잖아. 그리고 안에서 안 들릴 것 같지? 다 들린다구."

덩치 좋은 엉아가 처음엔 아들인 줄 알았다.

"고기 냄새 좋지? 사모님이 고기를 아주 잘 구우셔."

듬직한 청년, 엉아는 도시에서 내려온 지 석 달 정도 되었다고 했다. 부모님이 돌아가시자 형제들과 재산 문제로 갈등이 있었단다. 그래서 모든 걸 떠나 지리산 밑자락에서 잠시 쉬고 있는 중이라고 했다.

'돈'이라는 게 얼마나 무서우면 가족, 형제까지 멀리할 수 있는 건지, 나는 잘 알고 있다. 나도 그 돈이란 녀석 때문에 힘든 적이 있었으니까. 인생에 돈이 전부가 아니라고 하지만 인간의 욕심이라는 녀석은 항상 돈을 좇는다.

외로운 솔로

나는 혼자 여행을 즐긴다.
아니.
어쩌면 혼자를 즐기기 보다는
함께할 사람이 없다고도
할 수 있겠다.
외로운 솔로인 셈……

오늘날의
추억

풍경이 좋아서, 분위기가 좋아서, 운치가 있어서 여행지를 사랑하는 게 아니다. '사람'이 좋아서가 맞을 것이다. 그저 산이 좋아서 지리산에 올랐던 게 아니었고, 바이크를 광적으로 사랑해서 이런 미친 여행을 하는 것은 더욱 아니며, 그렇다고 전문적인 리뷰를 위해서나 사진으로 승부를 걸고자 하는 것은 더더욱 아니다. 그냥 몇몇 사람들과의 만남에서 추억거리가 생겼고, 훗날 내가 지리산을 다시 찾는다면 떠오르게 될 추억이 좋을 뿐이다.

여행이 주는 매력

멋진 풍경은 '멋진'이라는 형용으로 끝날 수 있지만, 사람은 '멋진' 사람으로만 끝나지 않는다. 내가 여행을 하면서 얻은 게 있다면 누구를 만나든지 낯설지 않게 분위기를 이끌어 갈 수 있게 된 점이다. 그리고 말 한마디, 한마디의 힘을 믿게 되었다. 남을 헐뜯기 보다는 좋은 점을 칭찬하게 되었고, 학벌이나 직종에 상관없이 한 사람, 한 사람을 진심으로 소중하게 여기게 되었다.

여행이 주는 매력은 떠나본 사람만 알 수 있다고 하지만 내 짧은 글이 지금 이 글을 읽고 있는 당신에게 조금이나마 기분 좋게 해 주었다면 그걸로 만족한다.

지리산 정상에서

제8장

내 안의 과거를 걸으면

인월—함양

Scooter Travel

방랑의 욕망

남쪽으로 굽이굽이 비탈길을 달리다가 구름과 태양과 산이 절묘하게 장관을 이루고 있어 나도 모르게 브레이크를 밟았다. 도시에서는 볼 수 없는 풍경이다. 산턱 아래까지 구름이 낮게 깔리고 빛이 구름에 반사되어 한 폭의 그림을 보는 듯 했다.

무작정 100㏄ 바이크로 국내 여행을 한다고 했을 때 다들 도대체 왜 이 추운 겨울에 떠나느냐고 야단법석이었다. 사람들은 사

계절이 뚜렷한 대한민국에서 겨울에 볼 수 있는 풍경은 너무나 한정적일 거라고 했다. 나는 그저 내 자신과의 싸움을 해보고 싶었다. 좀 특이한 걸 좋아했던 나는 다른 사람들이 하지 않는 걸 하고 싶었다. 그게 두 바퀴 여행이 된 것이고, 그것도 하필 한겨울에 떠나게 된 것 같다. 내 방랑의 욕망이 언제부터 시작되었는지 나도 잘 모르겠다. 하지만 중요한 건 지금 이 순간을 즐기고 있다는 것 아닐까?

80년대에 멈춘 시간

함양군이다. 함양에는 어떤 재미난 일들이 있으려나? 오전 10시쯤 도착한 함양시장에는 비교적 많은 사람들로 붐볐다. 1월 초이니까 아이들이 방학했을 텐데 젊은 사람이라곤 찾아볼 수 없었다. 20대는 물론, 30~40대의 분들도 거의 찾아볼 수 없을 정도로 이곳은 왠지 어르신들만의 공간 같았다. 도시와 시골의 차이, 시골의 젊은 사람들 대다수가 도시로 빠져나갔다고 하더라도 이렇게 큰 규모의 시장에 노인들만 있다는 것이 이상했다. 흔히 말하는 80년대 분위기를 느낄 수 있었는데 오래된 건물과 간판, 상점들이 낯설지 않았다.

장인

"어르신, 이게 칼 가는 겁니까?"

"네."

"이렇게 하면 오래 쓰나요?"

"그럼요. 괘안치~."

옆의 다른 어르신께서 구경을 하시다 이내 입을 여신다.

"요즘엔 새로 사는 거나 가는 거나 가격이 똑같혀, 하나 사고 말지."

"싼 거는 어디 가서 쓰도 못해요. 이빨이 잘 빠져요. 차라리 한 번 사서 계속 잘 쓰면 되야."

쇳소리가 요란했다. 오직 물과 매끌매끌한 쇠만 있으면 오래된 칼이 새 칼로 변했다. 칼을 다 갈자 신문지 한 장을 꺼내 테스트까지 하시는 모습이 예사 솜씨가 아니었다. 칼을 갈 때 시선은 오직 칼끝에 머물러 뭉툭해진 날을 찬찬히 보듬고 있었다.

그의 손을 거치면 낡은 것들은 다시 새것이 된다.

폭주족 Tact

나는 중학교와 고등학교를 16살 때 검정고시로 졸업했다. 그때는 헬멧도 없었고, 안전의 중요성도 모른 채 그저 학원 왔다갔다하는 용도로 사용했었다. 보호장구도 제대로 착용하지 않았고, 면허도 없이 도심의 4차선과 8차선 사이를 계속 넘나들며 운전을 했었다.

오랜 시간이 지난 지금, 수도권에서는 쉽게 볼 수 없는 Tact 기종을 보니 반가운 마음에 사진 한 장 담았다. 이 녀석은 중국산 바이크가 대량으로 들어오기 전에 다방에서 최고의 수익을 올려주던 녀석으로 유명하다. 내가 타고 있는 CT100 기종만큼이나 낯설지 않은 대한민국의 바이크.

정성

고소한 참기름 냄새가 코를 자극해 이끌려 가보니 시장 한쪽에
서 김을 직접 구워서 팔고 있었다. 함양 시장에서 만났던 사람
중에 가장 젊었던 아제는 김을 구우면서도 웃음을 잃지 않았다.
간장게장만 밥도둑이 아니었다. 이 김 한 봉지면 다른 반찬 없이
도 밥 한 그릇을 뚝딱 해치울 수 있을 것만 같았다. 그 정도로 고
소함이 배어 있었다. 아니면 이 아제의 정성이 배어 있던 것일
까? 고소한 맛이 일품이었던 김 한 장의 맛!

사라져 가는 것들

함양시장 골목에 자리 잡은 도장 할아버지. 장사는 별로 안 되는 것 같은데 십 수 년간 이곳에서 자리를 지키고 있다. 세월이 조금 더 흐르면 도장이 필요 없는 시대가 올지도 모른다. 사람들은 모두 컴퓨터로 결재하며, 도장 대신 공인인증서로 클릭 한번이면 모든 게 해결될 그런 날이 멀지 않았다. 평범했던 모습들이 사라지고, 바뀌고, 언젠가는 그 향수에 젖어 옛것을 찾고 싶을지도 모른다. 깊게 파인 그의 주름에서, 두꺼운 돋보기와 거친 손에서 난 무엇을 느꼈던가……

서민의 음식

쌀쌀한 겨울바람이 불어오는 날.

호떡 하나와 어묵 국물.

캬~!

생각만 해도 기분이 좋다.

제 9 장

나를 이겨내는 일

해인사—창녕

Scooter Travel

아,

그리운

어린 날의 추억이여

내가 대여섯 살 때쯤인가, 그때 어머니는 수원에서 닭갈비집을 운영하셨다. 그때 나는 미술 과외를 받았던 걸로 기억한다. 아니 놀이방이라고 해야 하나? 내가 살던 아파트 옆 동에 있었던 미술방에는 크레파스도 있었고, 색연필도 있었고, 예쁜 여자 친구도 있었다. 그 여자아이는 선생님 딸로 기억하는데, 우리는 같이 TV도 보고, 밥도 먹고 그림도 그렸다. 내 기억으로는 그 아이를 내가 무척 좋아했던 것 같다.

어느 날, 나는 갑자기 대변이 마려웠는데 그 아이네 집에서 볼일 보는 것이 창피했다. 어린 마음에 좋아하는 여자아이 앞에서 체면을 구기긴 싫었나보다. 과외를 마칠 때까지 대변을 참았고, 홀로 버스를 타고 엄마가 운영하는 식당으로 갔다. 그런데 아뿔싸,

버스에서 긴장이 풀렸던 건지, 아니면 더 이상 참을 수 없었던 건지, 그만 바지에 큰일을 보고 말았다. 잘 견디고 있었던 내 배설물은 자제력이 풀어지자 제대로 버스 시트에까지 분비물을 남겼다. 어린 나이였지만 충격이 컸는지 아직까지도 생생하게 기억이 난다. 버스 안은 내가 흘린 분비물 냄새로 가득했고, 중학생 누나들이 대화를 나누던 모습……

그런데 무척 당황했을 텐데도 나는 절대 울지 않았다. 내가 원래 이렇게 독했었나? 나는 아무 일 없다는 듯 엄마가 있는 곳에 빨리 도착하기만을 바랐다.

버스에서 내린 나는 똥 묻은 바지를 입은 채로 터벅터벅 엄마를 찾아갔다. 엄마를 만나고서야 그동안의 울분이 한꺼번에 터져 나왔다. 나는 꺼억, 꺼억 울어댔고, 엄마는 칠칠맞다며 왜 어린 애도 아닌 게 바지에 똥을 쌌냐며 다그쳤다.

어머니는 아직도 모르실 게다. 내가 왜 바지에 큰일을 보았는지. 내가 탔던 그 버스는 지금쯤 어디에 있을지.

아, 그리운 어린 날의 추억이여.

해인사는 내가 그동안 여행하면서 가보았던 어느 사찰들보다 규모
가 큰 편이었다. 불보사찰 통도사, 승보사찰 송광사와 함께 법보종

찰로 우리나라의 삼대 사찰로 불리는 곳으로 오랜 역사와 함께해왔
고 모습을 유지해왔다.

입구를 지나 들어가니 용이 날 반겼다. 어렸을 적 〈슬램덩크〉와 함께 즐겨 보았던 만화인 〈드래곤 볼〉이 실사판으로 나온다고 어디선가 본 것 같다. 꼬맹이였을 때 꼬깃꼬깃 모은 용돈으로 〈드래곤 볼〉 신권을 사다가 벽장 한 구석에 숨겨두었던 기억이 있다. 내가 만화책을 보는 것을 부모님은 그리 좋아하지 않으셨기에…… 손오공이 일곱 개의 '드래곤 볼'을 다 모으면 용이 나타나 소원을 들어준다는 〈드래곤 볼〉…… 누구나 어렸을 때 만화책을 한번쯤 본 기억이 있을 것이다.

참, 〈더 파이팅〉의 일보는 잘 있을까? 그리고 〈미스테리 에지〉인가도 즐겨보았고, 〈도시정벌〉 시리즈도 재밌게 보았는데…… 유년이 어느 정도 지난 지금 용 사진을 보며 글을 적으려하니, 갑자기 만화책이 생각나는 건 나뿐인가?

바람, 바람

대웅전을 등진 마당에서 건물들 사이사이로 가야산이 절묘한 조화
를 이룬다. 험준한 산세와 각각의 목조 건물들이 마치 침묵시위를
하듯 자리에 우두커니 앉아 세월을 비우고 있었다.
이 큰 사찰 안에는 그저 바람이 움직이는 소리만 들려왔다.

익숙함의 변화

해인사에서는 현재 복원작업 및 개발이 한창이다. 세상은 많이 변했다. 지인의 말을 듣자하니 요즘 절에는 보안시스템에 보일 러도 있고, 절 입구까지 도로가 깔리는 등 변화하고 있단다. 실 제로 이것이 정녕 누굴 위한 공사인지 모르겠다. 다 사람이 사는 곳이기에 개발할 뿐이지만 나 같은 방문객은 옛 느낌과 조상의 얼을 찾고 싶어 온 것이고, 그 느낌이 퇴색되어가는 게 마음에 걸린다.

하지만 어쩌랴, 세상은 시시각각 내 예상을 초월할 만큼 빠르게 변화하고 있는데.

축구 신동

옆 주차장에서 축구하던 아이들에게 물었다.

"얘들아, 석빙고가 뭐하는 데야?"

"네? 이거 냉장고예요"

"그래? 뭐하는 건데?"

"거기 읽어봐요. 저도 잘 몰라요."

아이들은 헤 웃으며 머리를 긁적인다.

"우리 같이 축구할까?"

공을 함께 굴려보았지만 이 아이들 축구 신동인가? 내 공을 너무 잘 뺏었다. 하긴, 난 축구란 것을 보기만 했지 해본 적이 없다.

부산이…… 점점 가까워지고 있다.

창녕 석빙고(昌寧 石氷庫

보물 제
경상남도 창녕군 창녕읍 송현동 2

석빙고는 자연의 순리에 따라 겨울에 채집해 두었던
봄, 여름, 가을까지 녹지 않게 효과적으로 보관하는 지금의
역할을 하는 인공적 구조물이다.

외견상 고분과 같은 형태를 띠는데, 빙실이라는 공간이
지반과 비교하여 절반은 지하에 있고 나머지 절반은 지상
구조를 가지고 있고, 바닥 언은 보온을 위하여 흙으로
덮여있기 때문이다.

주로 강이나 개울주변에 만들어지는데, 창녕 석빙고 역시 ㅇ
흐르는 개울과 직각이 되도록 남북으로 길게 위치하고 ㄷ
입구를 남북으로 내어 얼음을 쉽게 옮길 수 있도록 하였으
입구 안의 계단을 따라 내려가면 밑바닥은 경사졌고, 북쪽 ㅇ
물이 빠지도록 배수구멍을 두었으며, 바닥은 네모나고 평ㄷ
내부는 돌 다듬어진 돌을 쌓아 양옆에서 틀어 올린 4개의 무ㄱ
띠를 중간 중간에 두었다.

라 띠 사이는 긴 돌을 가로로 걸쳐놓아 천장을 마무리하ㄴ
또한 천장의 곳곳에는 토출을 가진 환기구멍을 두어 바람ㅇ
드나드는 것을 조절하여 냉기가 오래가게끔 만들었다.

창녕 석빙고는 입구에 서 있는 비석의 기록을 통해 조ㅇ
18년(1742) 당시 이곳의 현감이었던 신서(申書)에 의해
축수되었다는 것을 알 수 있다. 각 부분의 양식 또한 조선ㅇ
모습이 잘 담겨져 있어 이러한 사실을 뒷받침해주고 있다.

213

제 1 0장

해가 뜬다,
어둠을 뚫고

부산─광안대교

Scooter Travel

희열

가장 행복한 순간이었다. 부산의 큰 도로를 따라 이정표를 보고 달리다보니 어느새 부산역에 도착했다.

국산 토종 바이크의 자존심이라고 불리는 CT100으로 서울—부산 투어에 성공했다. 거의 2주만에 부산에 도착했는데, 목적지까지 무사히 도착했다는 만족감은 마치 42.195㎞를 달리는 마라토너 부럽지 않았다. 어쩌면 부산까지 오는데 빠른 길로 왔으면 550㎞정도의 거리를 달렸을 테지만, 나는 대한민국 곳곳을 둘러보고, 많은 것들을 느끼고 싶었기 때문에 1000㎞가 넘는 거리를 돌아 왔다.

나는 부산역 앞에서 이전에 여행했던 유럽과 기타 다른 나라에서와는 또 다른 희열과 감동을 느꼈다. 눈이 너무 많이 내려 더이상 달릴 수 없었던 상황과 시동이 걸리지 않아 중간에 몇 번이고 포기하고 싶었던 마음이 주마등처럼 스쳐갔다. 길었던 시간과 거리만큼 나는 많은 것들을 보았고, 또 배웠다. 빠른 길은 시간을 단축시켜주지만 그만큼 움켜쥐지 못하고 놓치는 것들이 많다.

일본으로 가기 위한
바이크 여행

기회가 주어진다면 반드시 떠나고 싶다. 나에게 일본은 미지의 땅이나 같다. 새로운 세상을 향해 떠나고 싶어 하는 나는 방랑자. 어떤 루트를, 어떤 이동방식을 선택하든지 나의 방랑 욕구는 쉽게 제어가 되지 않는다. 내 짧은 생각으로는 바이크를 가지고 일본으로 가기 위해서는 서류상 많은 절차를 거쳐야 하기 때문에 여행객이 적은 것 같다.

내 바이크는 100cc로 대한민국 번호판을 달고 있고, 이미 이륜차 등록도 되어 있다. 외국으로 가지고 나가기에 충분한 서류가 준비되었는데도, 국제여객터미널의 페리 관계자들은 하나같이 내 바이크를 실어줄 수 없다고 한다. 일본세관의 규제 때문이라는데 오직 250cc 이상의 바이크만 실어준다고 한다. 내가 온라인을 통해 찾아보았던 바로는 분명히 일본 관례법상 외국에서 온 차량임시반출입에 대해서 50cc 이상이면 보험과 서류만 준비되면 통과된다고 알고 있었는데 왜 대한민국에서 가지고 나가는 것은 250cc 이상만 되는 걸까?

시모노세키로 가는 페리 관계자와 이야기를 나눴으나 그의 대답은 확고한 'No'였다. 기회만 된다면 이 녀석을 타고 일본에 가고 싶지만 날 그렇게 쉽게 보내주지 않는구나. 그가 이야기하기를 직접 일본 세관에 물어보고, 관계자 이름과 연락처를 알아온다면 CT100으로도 일본에 보내준다고 했다.

여객터미널에서 세 시간이 넘도록 관계자들과 이야기를 나누었으나 역시 바이크를 가지고 외국으로 가는 길은 쉽지 않았다. 기회가 된다면 이후에 다시 짐을 꾸리고 바이크를 가지고 일본을 마음껏 여행해보고 싶다.

디스플레이—3000원대 돈가스

어디서 먹을까 고민을 하다가 내가 들어가게 된 돈가스 집이었는데 입구 옆에 디스플레이 된 걸 보다가 '피식' 웃지 않을 수 없었다. 이유인즉 사진을 보다시피 누군가가 써놓은 한마디,

"이렇게 안커영~"

바로 들어가서 확인해보았더니 실제로 디스플레이보다 크기는 작았다.

부산 야경의 자존심이라고 할 수 있는 광안대교

다짐

2006년 가을, 부산 동아대학교에 업무촬영차 방문한 적이 있었다. 같이 일하던 부산분이 광안대교가 보이는 횟집을 소개시켜 주었는데 겨우 3만 원에 엄청난 양의 회를 먹었던 기억이 있다. 예전에는 노점을 위한 천막이 쳐져 있었으나 태풍에 다 날아가고 지금은 새로 개장한 조립식 건물에 회 시장이 들어서 있다. 상추와 초장을 2000원 정도 주고 구입한 뒤 광안대교와 드넓은 바다를 보며 오징어, 전어회를 먹었던 게 엊그제 같은데 벌써 또 시간은 이렇게 흘러가 버렸구나. 그때 그 맛과 바다 짠내를 잊지 못해 혼자서 찾아온 이곳. 멋진 야경이 나의 외로움을 조금은 감춰주는 것 같다.

한겨울 날씨에 배도 부르겠다, 많이 피곤했나보다. 바이크 보호구가 있는 옷이라 웬만한 추위에도 견딜 수 있었는데 벤치에 헬멧을 쓴 채로 누워 30분이나 잠이 들었다. 헬멧이 바람을 막아주었고, 헬멧 안에는 수증기가 피어올랐다. 침도 좀 흘렸을 테고 호흡하다가 내 더운 입김이 헬멧 안을 채웠나보다.

훗날 기회가 된다면 사랑하는 사람과 다시 한 번 광안대교를 찾아 조립식 건물에서 회를 떠서 모래사장에 앉아 바다 짠내를 맡으며 회를 먹을 테야.

과거는

오늘을 위해 있다

일출을 보기 위해 기다리고 있지만 아직 하늘은 검기만 하다. 아직도 오밤중 같은 하늘을 보니 갑자기 옛 생각에 빠져들었다. 10대, 20대를 힘들게 보낸 사람들이 비단 나 뿐만은 아닐 테지. 하지만 그 시간들이 오늘의 나를 만드는데 있어서 없어선 안 될 소중한 자산이 되어주었다.

지금 너무 막막하고 아무것도 보이지 않는다고? 그건 곧 찬란히 비출 태양이 가까이 있기 때문이다. 그래서 가장 어두울 때라고…… 해뜨기 직전이 가장 어둡기 때문이다.

이 시기만 견뎌내면 뜨거운 열정의 태양이 뜰 것이다. 힘든 일이 있어도 조금만 더 참고 견뎌보는 거야. 아자!

해가 뜬다……

제11장

비상 飛上

해운대—자갈치 시장—간절곶
—울산—포항—죽도 시장

내
두 바퀴

뿌옇게 구름이 끼어서 찬란하게 수면 위로 떠오르는 일출은 아니지만 나름대로 만족한 일출이었다. 바다 위로 나는 갈매기의 자유로움이 나에게로 전해지는 것 같았다.

사람들이 던져주는 음식들로 살이 오른 갈매기지만 그래도 제법 날렵하게 내 머리 위를 맴돌았다. 인간이 자유롭게 날고 싶어 하는 욕망은 앞으로도 계속되겠지만 아마 내가 죽을 때까지 비행기를 직접 운전해볼 일은 없을 것 같다. 많은 갈매기들이 내 주변에서 걷고 있기에 비상하는 모습을 사진에 담고 싶어 발로 한번 '쿵' 해보았지만 날아가지 않고 무리를 지어 쪼르르 도망갈 뿐. 녀석들 배가 좀 부른가?

대한민국 최대의 항구 부산, 부산 최고의 관광지 해운대, 비록 혼자지만 나는 혼자가 아니었다. 그 곳엔 사람들도 있었고, 갈매기도 있었고, 이곳까지 함께 달려준 내 두 바퀴도 있었기에……

따뜻함
―부산 자갈치 시장

평일임에도 많은 사람들로 붐볐고, 생계를 위한 몸부림은 오늘도 계속되었다. 우리네 어머니들의 모습을 보았는데 저 깊게 패인 주름과 굳은살 배인 손으로 부산을 만들고, 자식들을 키우셨을 것이다. 시장. 나는 시장을 참 좋아한다. 시골의 먹을거리를 즐길 수 있어서 좋고, 사람들과의 부대낌 또한 나쁘지 않다.

장을 다 보고 나서 집에 갈 때쯤 어머니가 사주시던 시골 통닭이 그렇게 맛있을 수 없었는데……

자갈치 시장을 지나다가 사람들이 많은 식당에 들러 국밥 한 그릇 먹었다. 유년의 따뜻함이 추위를 쓱 밀어냈다.

쉼 없이 흔들리는
소곤거림……

아버지……

239

토픽

"새해가 밝았는데 복 받을 거라며 누가 돼지 귀를 잘라갔어요."
해외 토픽에나 나올 법한 일이 간절곶에서 일어났다. 부산에서
나와 동해안 해안도로를 끼고 북쪽으로 올라갈 생각으로 제일
처음 울산을 찾아갔다. 2007년을 며칠 앞둔 시점에서 울산 간절
곶에 만들어놓은 금돼지의 귀를 누군가 잘라갔다고 한다. 그 일
이 있은 후 사람들이 접근하지 못하도록 주변을 막아 놓았고, 덕
분에 복돼지를 멀리서 바라봐야했다. 새해가 밝던 날에는 경찰
다섯 명이 간절곶 돼지를 밤새 지키고 있었다고 하니 정말 해외
토픽감이다.

저 귀를 잘라간다고 해서 과연 복이 들어올까? 나 하나 좋으라
고 귀를 잘라가다니 내 상식으로는 도저히 이해가 되지 않았다.

세계에서 가장 큰
우체통

가장 큰 우체통이면 뭐 하랴 시
민의식이 부족한 몇몇 사람들
이 이곳을 더럽히는 걸. 새해가
밝던 날 가장 빨리 해가 뜬다는
간절곶에 사람들이 전국에서
모여들었고, 이곳 우체통에 많
은 편지를 넣었다고 한다. 그러나 일반 쓰레기도 아닌 음료수나
액체 오물 등을 버려서 대부분의 편지들이 가야 할 사람에게 닿
지 못하고 쓰레기통에 버려졌다고 한다.

새해 떠오르는 태양을 보며 소중한 사람에게 정성들여 쓴 편지
들이 오물에 훼손되어 그대로 버려졌다고 생각하니 내가 다 울
화통이 터졌다. 쓰레기통이 바로 옆에 있는데도 불구하고 꼭 우
체통 안에 쓰레기를 버려야 했을까. 요즘처럼 이메일이나 문자
메시지 등 디지털이 발전한 시대에 편지를 쓰는 사람도 별로 없
을텐데…… 소중한 사람에게 수많은 편지들이 오물에 젖어 버
려진 걸 생각하니 마음이 아프다.

세상을 꿈꾸는 자유

개에 대한 단상

난 초등학교 때 시츄만 세 마리를 키웠었는데 이름이 쥬리, 밍키, 샤크였다. 애완견에 대한 애정이 참 유별나기도 했었는데 나와는 맞지 않았나보다.

내가 초등학교 3학년 때쯤 만난 쥬리는 수의사인 외삼촌이 애견상을 받은 혈통 있는 시츄라며 미국에서 직접 가져다 주었다. 저항력이 약했던 강아지는 스키장에 갔다가 감기에 걸렸고, 입양한 지 한 달도 채 안 되어서 하늘나라로 보내야만 했다. 열 살 남짓 살아오면서 내 짧은 행동에 이때만큼 후회한 적도 없었던 것 같다.

외삼촌이 슬퍼하는 나를 보며 다시 한 마리 가져다주었는데, 역시 시츄였다. 두번째 키운 밍키라는 녀석은 건강하게 잘 자라고 있었다. 학교에 갈 때면 문 앞까지 배웅하던 녀석이었는데……할머니가 베란다 창문을 열고 청소하는 사이 창문을 통해 밖으로 나가버렸고, 끝내 돌아오지 않았다.

세번째 분양받은 강아지 역시 시츄였다. 수놈이었는데 어찌나 활발하던지 까불기도 너무 까불었다. 그러나 대소변을 아무리 가르쳐도 잘 못 가리는 면도 있었다. 부모님은 사업을 하시고,

나는 학교에 다녔기에 하루 종일 집에서 혼자 있을 녀석이 너무 외로워할까봐 결국 몇 달 넘기지 못하고 다른 집으로 보내게 되었다.

나는 개를 좋아하지만 세 번의 실패가 있은 뒤로 개와 나는 인연이 아니란 걸 깨달았고, 그 후로 개를 키우지 않았다. 이따금씩 개들을 보면 내가 키우던 녀석들이 생각난다. 첫번째 강아지 쥬리는 정말 예뻤는데 어린 나이에 잘 보살펴주지 못했던 점이 못내 응어리로 남았다.

똥개가 머리가 좋다더라

251

등대와 사진의
연관성 없는 이야기

울산에서 해안도로를 타고 한참을 북쪽으로 올라왔다. 강한 색
감의 빨간 등대가 나를 이끌었고, 무엇에 홀린 듯 발걸음을 옮겼
다. 가까이에서 붉은색 등대를 보니 '콘탁스'라는 카메라 제조
회사가 생각났다. 그 회사에서 생산하는 렌즈에는 'T'라는 빨
간색 로고가 있는데, 콘탁스의 색감은 어디에 내놓아도 손색이
없다. 그저 붉은 등대를 바라보며 달려왔을 뿐인데 머리를 스치
던 이미지가 카메라였으니, 아무래도 내가 카메라를 좋아하긴
좋아하는 것 같다. '장비병 환자'라고 해도 걸맞을 만큼 많은 카
메라와 렌즈를 써보았던 나는 사진을 좋아하는 건지 장비를 좋
아하는 건지 구별이 안 될 때가 있다.

뭐, 어찌되었던 앞으로 내 삶에 있어서 사진은 좋은 친구가 되어
줄 것 같다.

겨울바다

서해에서 느꼈던 바다와 남해, 동해에서 느낀 바다는 또 다르다. 삼면이 바다인 우리나라. 비록 땅덩이는 좁아도 아기자기하게 볼거리가 많은 나라가 대한민국이 아닐까 싶다. 미국같은 큰 나라에 비해 면적은 작은 편이라 언제든 마음만 먹으면 바다에 갈 수 있지만, 일에 치이고 생활에 치이다보면 막상 바다에 가는 일은 흔치 않다. 겨울에 바다를 한 번도 가보지 않은 사람이라면 올해엔 겨울 바다를 찾아 떠나보는 건 어떨까?

수학여행 — 포항공단

해질 무렵 포항공단에 닿았다. 초등학교, 중학교 때 경주로 수학여행을 오면 빠지지 않던 곳, 포항공단. 태양을 녹인 것처럼 붉은 쇳물이 틀에 부어지고, 일정한 모양으로 찍혀 나오고, 찬물을 부어 주면 김을 쉭쉭 내며 단단해지는 과정은 '철' 없는 아이가 보기에는 너무도 신기했다.

포항공단 견학을 마치고 수학여행 마지막 날 나는 김경호의 〈금지된 사랑〉을 기가 막히게 불렀다. 옆 건물에 묵고 있던 여고생 누나들이 다음날 나를 찾을 정도였다. 그때는 무슨 노래든 완벽하게 소화해냈었는데…… 언제부턴가 고음은 사라지고 내게 단음만 남았다. 마음이 아프다.

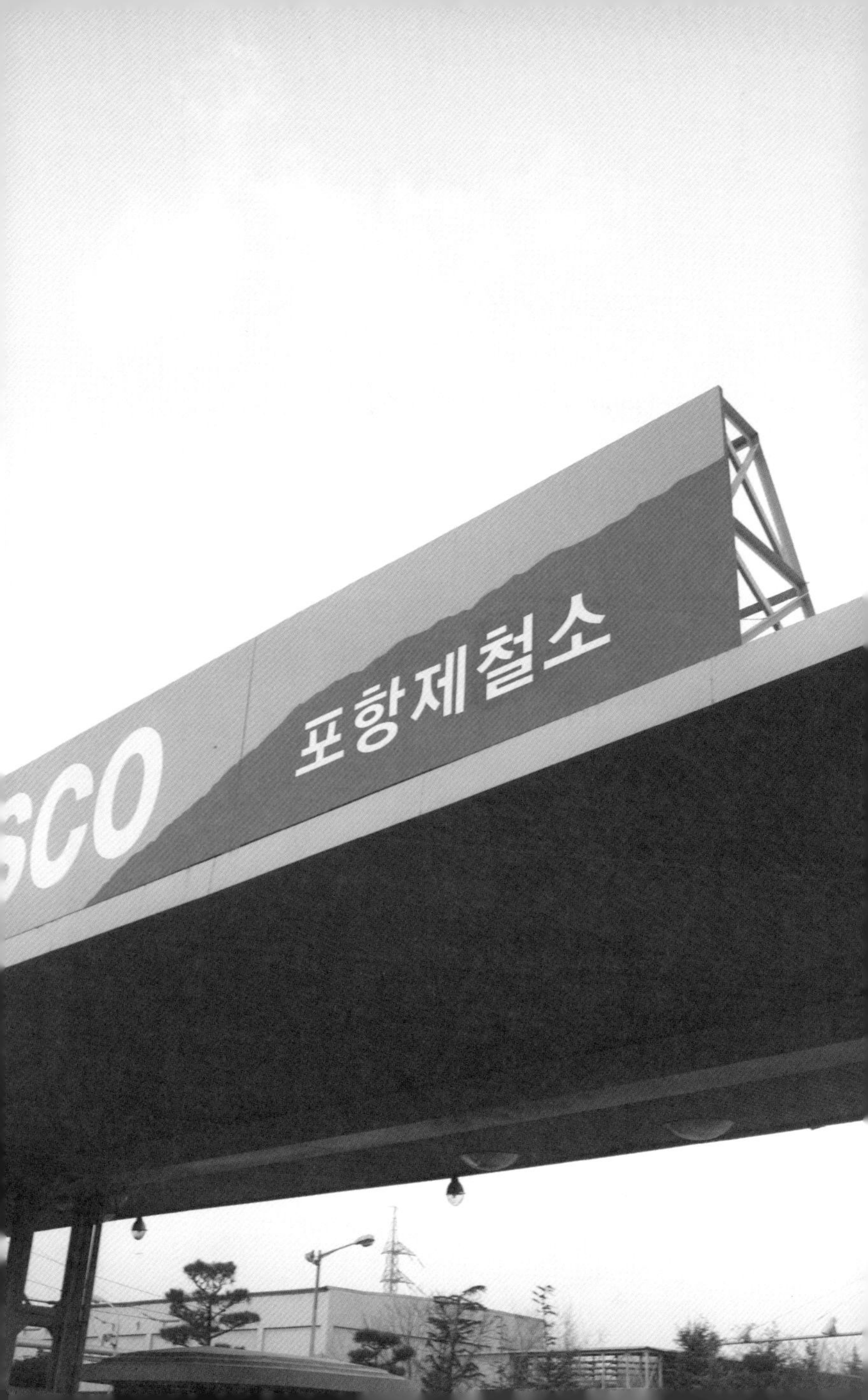
SCO
포항제철소

죽도 시장에서도 만난 CT100

내가 타고 다니는 바이크를 만날 때면 괜히 반갑다. 어쩌면 내가
태어나기 이전부터 돌아다녔을 이 바이크는 없어서는 안 될 시
민의 발이 되었다. 동시에 내 여행의 동반자로 자리매김한 친구.

꼬르륵

돌이라도 씹어 먹을 나이지만 한겨울에 다니는 20여 일의 여정은 아무래도 춥고 고달프다. 날씨도 춥고 체력도 고갈된 이 시점에 속을 든든하게 채워주었던 포항 죽도 시장의 돼지국밥.

누가 경상도 음식이 맛없다고 했던가? 김이 모락모락 나는 돼지국밥이 단돈 3500원!

'서울에도 이런 국밥집이 있다면 대박날 텐데……'
모두 망했는지 어쨌는지 서울에서는 돼지국밥을 맛볼 수 있는 집을 보지 못한 것 같다. 역시 지역 음식은 그 지역에서 먹어야 제 맛이기 때문일까?

아아, 꼬르륵 꼬르륵, 사진만 봐도 배가 고파오는 것 같다.

자유, 그리고 항해

가장 위대한

우리가 살아가면서 가장 많이 해본 말들 중 하나가 "엄마"라는 말 아닐까? 나를 낳아주시고 가르쳐주시고 자식을 위해서라면 고생을 마다 않으시는 어머니. 코흘리개 시절 눈물을 보일 때에도 엄마, 뜨거운 것에 데었을 때도 엄마, 사진의 아주머니들처럼 화들짝 놀랄 일이 있어도 엄마, 엄마, 엄마. 역시 우리의 엄마는 세상에서 가장 위대한 분이시다.

떠난다는 것은
돌아옴을 전제로 한다
결국,
누구도 떠나지 않았고,
누구도 남겨지지 않았다
기다림은
항상 길 위에 서성인다

제12장

집으로 향하는 길

동해안 풍력 발전소―울진―봉화
―태백―이천―서울

대한민국 사람은
내기를 좋아한다?

풍차에서 아저씨 두 분을 만났다.

"니 내랑 내기할까? 저 날개 80m라니까!"

"무슨 소리 하노? 20m쯤 되겠나."

"야야 봐라. 20m면 하나, 둘, 셋, 넷, 다섯, 여섯…… 스물(스무 발걸음을 가신다) 이게 20m야. 여기서 봐도 저 날개가 얼매나 큰데."

두 아저씨의 대화에서 웃음이 쏟아졌다.

"이거 술내기데이~ 니~ 씨. 네이버 찾아본다. 니는 죽었데이."

대한민국 사람 내기 좋아하는 거 맞는가 보다.

지름길

꼬불꼬불한 길이 이어져 있어서 마치 빙판길을 달리는 것 같은
느낌이 들었다. 하지만 봉화를 지나 태백, 정선으로 가려면 한참
을 돌아가야 했기에 그나마 지름길인, 그리고 한 번도 가보지 않
았던 산길로 가기로 했다.

잠자리

어두컴컴한 밤, 봉화로 가기 전 현동읍에 있는 파출소에 들렀다.
너무 추운 나머지 얼굴이 퉁퉁 부은 채로 경찰아저씨에게 말을
걸었다.

"이 주위에 찜질방이나 잘만한 곳 없을까요?"

"요 옆에 여관 있어요."

"아, 저는 여행하는 중인데, 여관은 좀 비싸서…… 싼 곳을 찾
고 있습니다. 혹시 근처에 피시방이라도 없나요?"

"여기는 그런 데가 없는데…… 한 40㎞ 더 가면 있어요."

"밤도 깜깜해서 힘들 것 같은데……"

경찰아저씨는 잠시 기다려보라고 한다.

"뒤에 사무실 겸 창고가 있는데, 원래 사람들 잘 안 재우거든요.
문제 생기면 안 되기 때문에요. 뭐, 어쩔 수 없지. 그냥 여기서
자고 가요."

컨테이너를 방으로 만든 조립식 건물이었다. 실내는 바깥만큼
이나 찼다. 방이 따뜻해서라기보다는 이곳 경찰아저씨의 인심
에 따뜻한 밤을 보낼 수 있었다. 경찰아저씨가 아니었다면 하마

터면 40㎞를 더 달렸을지도 모른다. 다음 날 알게 되었는데 현동에서 봉화까지의 길은 눈길이었다는 거……

작은 선물로 뭔가 대접을 하고 싶었는데 주변에 슈퍼나 약국도 문을 닫고 없었다. 박카X라도 사다드리고 싶었는데……

전기장판까지 켜주시고 다시 근무하러 돌아가신 경찰아저씨. 정말 감사합니다. 대한민국 경찰 파이팅!

도전

강원도 최고의 테마파크 강원랜드에 닿았다. 오늘이 아니고서
야 언제 또 이런 데를 와보겠냐는 생각에 카지노에 들어가 보기
로 했다. 물론 단순 구경만 하겠다는 생각이었다.

강원랜드 주차장에 바이크를 세워두고 찜질방 기사아저씨에게
카지노에 대해 잠깐 물어보았다.

"도박해서 딸 수 있을까요? 한 3만 원만 도전해보려고 하는데."

"하지 마세요. 3만 원이 30이 되고, 300이 될 걸?"

"어째, 아저씨는 좀 따셨어요?"

"많이 날렸지. 이젠 접었어요."

새로운 경험에 도전하려는 나에게 돌아오는 대답이라곤 하지
말라는 말뿐이었다. 도박해서 좋을 것 없다는 사람들의 말을 새
긴 채 구경만 하겠다며 카지노 안으로 들어갔다.

잭팟

휘황찬란한 조명 아래에서 사람들은 잭팟을 꿈꾸며 기계와 씨름하고 있었다. 입장료 5000원을 내면 음료수는 무제한 리필에 구경은 공짜다. 한 시간 동안 구경만 하다가 가장 만만해 보이는 빅휠이라는 게임 앞에 앉았다.

지름 2m정도의 원을 돌려서 숫자를 맞추는 게임인데 카지노가 처음인 사람에게는 복잡하게 생각하지 않아도 되는 가장 단순한 게임인 듯 했다. 카지노 안의 이런저런 게임을 한 번씩 플레이해보려고 5만 원을 투자했다. '초심자의 행운'이랄까? 운이 좋게 5만 원정도 이익을 보고 카지노를 빠져나왔다. 휴우

집으로 향하는 길

날씨가 몹시 춥고 집에 가까워오는 것에 흥분이 되었는지 서울에 들어온 사진을 찍지 못했다. 이제 와서 이렇게 후회가 될 줄은…… 나는 건강히 한 달 동안의 여행을 마치고 집에 돌아왔고 지인들과 조촐한 파티를 열었다.

물론 자전거로도 서울—부산을 왕복할 수 있겠지만 CT100으로도 전국일주를 할 수 있다는 것을 몸소 확인하였다. 중도에 포기하고 싶기도 했고, 내가 왜 여행을 하는지에 대한 공황도 있었지만 그때마다 꿋꿋이 계속 나아가자고 결심했다. 그리고 여행 자체를 즐기는 것이 목적이었기에 나는 발길 닿는 곳, 시선이 머무는 곳, 가슴이 훈훈해지는 곳을 천천히 둘러봤을 뿐이었다.

Going Home

'기록은 기억을 지배한다'

여행을 다녀온 지 1년이 더 지난 지금에서야 나의 여
행이야기를 공개하게 되었다. 내가 이만큼 기억하고
그때의 추억을 부족하게나마 글로 써내려갈 수 있었
던 건 '메모의 습관'이었다고 말하고 싶다. 글과 사진
으로 무언가 추억이 될 만한 것들을 남기지 않았다면
그저 나 혼자만 즐기고 구경한 여행이 되었을지 모른
다. 시간이 흘렀어도 손때 묻은 메모와 일기장 덕분

에 많은 사람들과 나의 여행 기록을 공유할 수 있었다. 소중한 여행의 추억을 오랫동안 남기고 싶다면 메모하는 습관을 갖는 건 어떨까?

나는 새로운 여행을 준비하며 새로 구입한 수첩을 만지작거려 본다.

스쿠터로 꿈꾸는 자유

초판 1쇄 인쇄 2008년 8월 7일
초판 1쇄 발행 2008년 8월 14일

지 은 이 임태훈
펴 낸 이 장세우

편   집 황병욱, 오효영
총   무 김인태, 정문철, 김영원
영   업 강승일

펴 낸 곳 (주)대원사
주   소 140-901 서울시 용산구 후암동 358-17
전   화 (02)757-6717(대)
팩시밀리 (02)775-8043
등록번호 등록 제3-191호
홈페이지 www.daewonsa.co.kr

값 12,000원

ⓒ 2008, 임태훈

ISBN 978-89-369-0794-5   03810